傲慢富豪の父親修行

ジュリア・ジェイムズ 作
悠木美桜 訳

ハーレクイン・ロマンス
東京・ロンドン・トロント・パリ・ニューヨーク・アムステルダム
ハンブルク・ストックホルム・ミラノ・シドニー・マドリッド・ワルシャワ
ブダペスト・リオデジャネイロ・ルクセンブルグ・フリブール・ムンバイ

THE HEIR SHE KEPT FROM THE BILLIONAIRE

by Julia James

Published by Harlequin Japan, a Division of K.K. HarperCollins Japan, 2024

ジュリア・ジェイムズ

10代のころ初めてミルズ＆ブーン社のロマンス小説を読んで以来の大ファン。ロマンスの舞台として理想的な地中海地方やイギリスの田園が大好きで、特に歴史ある城やコテージに惹かれるという。趣味はウォーキングやガーデニング、刺繍、お菓子作りなど。現在は家族とイギリスに在住。

主要登場人物

アレイナ・アシュクロフト……ホテルのアシスタント・マネージャー。
ジョーイ……アレイナの息子。
ライアン……アレイナの友人。
ベッティ……ライアンの娘。
ラファエロ・ラニエリ……弁護士。愛称ラフ。
ゼヴェリノ・ラニエリ……ラファエロの父。
ダンテ……ラファエロの親友。
ジーナ……ダンテの妻。
マリア……ラファエロのヴィラの家政婦。
ジョルジオ……マリアの夫。

プロローグ

ホテルのリムジンが車寄せから離れ、ハイビスカスが咲き乱れる長い私道を高速道路に向かって走り始めるのを見て、アレイナ・アシュクロフトは喉をごくりと鳴らした。

そう、彼は空港に戻り、イタリアに戻り、自分の人生に戻るのだ。彼がこの島での滞在を延長し、一緒に過ごす時間を増やしてくれるかもしれないというアレイナの期待は、完全に打ち砕かれた。彼がそうしたいと思うかもしれない、私をイタリアに連れていってくれるかもしれないという期待も。

アレイナは胸を締めつけられた。

でも、母は私に警告しなかったかしら？　母自身の悲惨な経験から、自分と同じようにならないよう充分に気をつけなさいと。手に入らないものを欲しがってはいけない、あなたを必要としていない男性のために、無駄な努力をするのはやめなさい、と。

アレイナはまた喉を鳴らし、走り去る車に背を向けた。私の望みは打ち砕かれた。今の私にできることは、自分の人生を歩むことだけ。仕事こそが私のセラピーに違いない。

彼は去った。もうこれ以上、何も起こらない。そして、私の人生は続いていく。

以前と同じように。

ロマンスはもちろん、出会いなどなかったかのように。

しかし、結局のところ、すべては彼女の勘違いだった。

1

五年後

ラファエロ・ラニエリはファーストクラスのシートに座り、長い脚を伸ばして足首を交差させた。そしてブリーフケースから法律雑誌を取り出した。ロンドンまでゆったりとくつろいで過ごすために。

イタリアのトップクラスの弁護士としてラファエロは多くの名家から引っ張りだこで、節税や相続争い、厄介な子息や悪質な元配偶者にまつわるトラブルといった難題に貴重なサービスを提供していた。

今回のロンドンへの出張も、まさにそうした顧客からの依頼によって、ロンドンのインズ・オブ・コートに拠点を置く法律事務所で協議を行うためだった。明日の飛行機でローマに戻るため、今夜は定宿の五つ星ホテルではなく、空港近くのホテルで一泊することにしている。つかの間のイギリス訪問だが、特に支障はない。穏やかに、スムーズに――それが彼のモットーだった。

一瞬、ラファエロの顔に影が差した。母の人生は〝穏やかに、スムーズに〟とはかけ離れていた。彼の父親は現在、大成功を収めた法律事務所の経営を息子に任せ、半ば隠居生活を送っているが、父はいつも母のことを神経質すぎると非難していた。両親の悲惨な結婚は、ラファエロが自ら選んだ道が正しかったことを証明した。すなわち、セックスに関しては、ベッドでどんなにすばらしい時間を過ごしても、けっしてそれ以上のものを望まない女性を相手にするのが最も賢明な道なのだ。

だがそのとき、ラファエロはその道が平坦《へいたん》ではないことに気づいた。

かつて一人の女性がいた……。

きらめくカリブ海、銀色の砂浜、南国の風に揺れる椰子《やし》の木。ロマンスにうってつけの場所だ。彼女はそんな場所にぴったりの女性だった。美しく、情熱的で、熱烈。ラファエロは彼女を見た瞬間にその気になり、彼が望んだとおりになった。彼女がもっと一緒にいたいと言うまでは……。

結局、ラファエロは彼女のもとを去った。

アレイナは自分の任務とは異なる持ち場についていたが、じっと耐えていた。不満を表に出すのはプロらしくないと考えて。ホテルのアシスタント・マネージャーとして冷静かつ有能な雰囲気を醸し出すよう、彼女は教育されてきた。だから、スタッフのうち二人が病欠し、一人がまだ研修生であるため、やむをえずフロントの業務を担当しているという事情が、客から透けて見えるようではプロ失格だ。そのせいで、ジョーイを迎えに行くのが遅くなってしまったけれど。

ジョーイが通っている保育園は、保育内容が充実していて人気が高いが、お迎え時刻には厳格だった。そこで、何かと助け合っている友人のライアンに電話をかけた。幸い、四歳の娘ベッティを迎えに行く彼がジョーイの面倒も見てくれることになった。ライアンは彼の家で二人を遊ばせたあと、ベッティを二番目の夫と一緒に住んでいる母親の家へ連れていき、ジョーイをアレイナのもとへ送り届けてくれる手はずになっている。その頃には夕方からのシフトのスタッフが出勤しているので、アレイナは交替して帰宅し、ジョーイを迎えることができる。そして翌朝、ジョーイを保育園に送り届け、出勤するのだ。

このシステムはときにはストレスになることもあるが、おおむねうまく機能していた。今日のように。

とはいえ、小さな子供の母親としてフルタイムで働くのは、苦労が絶えない。

前妻と親権を共有するライアンと違い、アレイナはフルタイムの一人親だった。

ただし、それは彼女自身が選んだ道だった。

そうしなければ、計画も予期もしていなかった子供の存在を告げなければならなかったからだ――アレイナに興味を示さない男性に。けれど愛されたいと願ってやまなかった男性に。

エアポート・シャトルバスで運ばれてきた大勢の客が到着し、彼女の意識を現実に引き戻した。このホテルはロンドン市街からかなり離れているが、空港に近いので、いつもにぎわっていた。

応対が一段落したとき、また玄関のドアが開き、アレイナは顔を上げて笑みを張りつけた。次のシャトルバスが到着するには早すぎるので、車かタクシーで来たに違いない。だが、客の姿を目にしたとたん、笑顔が凍りついた。

ラファエロは足を止め、息をのんだ。無意識のうちに、ブリーフケースと手荷物を持つ手に力がこもる。そして、フロントデスクの向こうに立っている女性と目が合うなり言った。「アレイナ？」

頭の中で相反する感情が湧き起こるのを意識しながら、彼はフロントへと歩いていった。ショックは大きいが、それ以上の何かを感じていた。だが、今はこの状況に対処するのが精いっぱいで、その何かを分析する余裕はなかった。

彼女は青ざめ、緊張している。そして、ラファエロと同じく、彼女も平静を保とうと努めているのがわかった。

「ラファエロ……なんという偶然かしら！」

アレイナの声は軽やかだが、それが意図的であることは明らかだった。彼女の顔にはまだ緊張が見て取れた。

「まあ、こういう偶然はよくある」ラファエロは片方の眉をいぶかしげに上げて応じた。

「名前が予約リストに載っていないけれど？」

「ああ」彼はうなずいた。「予約は入れていない。今夜中にロンドンに行くのはやめて、ここに泊まることにしたんだ。空室はあるかな？」

アレイナが息をのむのを見て、少なからず動揺しているのがわかった。彼女の喉元の脈が大きく打ち、頬がほのかに色づく。それがかえって、美しさを引き立てた。

　図らずも彼の意識は過去へと飛んでいった。

　カリブ海に浮かぶ島を訪れたとき、ラファエロは彼女の美しさに魅了された。仕事が一息つくと、彼は休暇を満喫した。

　アレイナが働いていたのは、彼が滞在していた五つ星のファルコーネ・ホテルではなく、その隣に立つ四つ星ホテルだった。ある日の午後、散歩の途中でラファエロは彼女がビーチで日光浴をしているのを見かけた。

　期待したとおり、アレイナは彼の関心に応えてくれた。おそらく、過剰なほどに。

　彼女はすこぶる魅力的だったが、ラファエロは、彼女が単なる休暇中のロマンス以上になることを期待していることに気づいた。そこで、彼はいつもどおり、親密になりすぎないよう彼女と一定の距離を保っていた。そのほうが賢明だからだ。だが、カリブでの滞在を終えて空港に向かうとき、かすかな後悔の念に駆られた。

　ラファエロの目は今、その彼女――アレイナに注がれていた。南国の島にいたときとは違い、きちんとしたスーツに身を包み、髪をきつめのフランス編みにして後ろで束ねて、顔は最低限のメイクにとどめている。

彼の懸命な努力にもかかわらず、記憶の槍《やり》は容赦なく彼の胸を突き刺した。ベッドに横たわる彼女のつややかな黒髪は乱れ、きらきらした瞳は彼の口元をとらえて……。

その光景をラファエロはやっとの思いで頭から締め出した。偶然の予期せぬ出会いに、そんな回想はふさわしくない。

「え、ええ、もちろんです」

アレイナの口調はぎこちなく、その視線はラファエロではなく、パソコンに注がれていた。そして、ようやく彼をまっすぐに見た。

「ガーデンビューとレイクビュー、二つのタイプのお部屋がありますが、どちらにいたしますか？」

「静かなのは？」

「どちらも静かですが、レイクビューはいくらか駐車場に近いので、ガーデンビューのほうがより静かです」

「では、ガーデンビューの部屋を」ラファエロは言い、つけ加えた。「一泊で」

アレイナは拍子抜けしたような表情でうなずき、キーボードをたたき始めた。彼女は、彼の名前も国籍も知っていた。さらに言うなら、コーヒーの好みや食べ物の好き嫌いはおろか、体の隅々まで知っている。どんなふうに愛し合うのが好きなのかも。

ラファエロも彼女のことを知っていた。一緒に過ごした時間の中で、彼らは互いについて多くの情報を得ていた。ライフスタイルや性的な嗜好《しこう》とか、人生に何を求めているかとか。

「今夜はここで食事をなさいますか？」

ラファエロがうなずくと、彼女は画面にその情報を入力した。そして、アレイナが彼の部屋のキーを取ろうとしたとき、一緒に食事をしないか、とラファエロは言いかけた。だが、良識が彼を黙らせた。そもそも、ホテルの従業員が客と食事を共にするなど、許されるとは思えない。

何より、この再会にはなんの意味もない。数年前アレイナと過ごした時間はいい思い出になった。ただそれだけだ。ラファエロは当時、彼女とこれ以上先へは進めないという決断を下したのだ。

アレイナがいかにもプロらしい笑みを浮かべてキーを差し出した。ラファエロは彼女の手がかすかに震えているのに気づいた。

「では、当ホテルでの滞在をお楽しみください」

ラファエロはキーを受け取り、同じように無機質な笑みで応えた。それから荷物を手に取り、エレベーターのほうへ歩きだした。彼女に何か言うべきだった。旧知の仲であることを認める無邪気な挨拶や会話をするべきだったのだ。なぜそうしなかったのか、彼にはわからなかった。

去っていくラファエロの後ろ姿を、アレイナはじっと見ていた。カリブ海に浮かぶあの魔法めいた島で、彼と過ごした短くも忘れがたい時間がよみがえる。しばらくの間、彼女はただそこに立ち、ラファエロが自分の人生に戻ってきたショックに、気が遠くなりそうだった。

「ママ！」

突然響いた声に、アレイナは飛び上がった。ジョーイがライアンに手を引かれながら、回転ドアを抜けてやってくる。ライアンが小さな手を放すと、ジョーイは喜び勇んでフロントに向かって駆けだした。

恐怖のあまり、アレイナは世界が止まり、神経が麻《ま》痺《ひ》していくのを感じた。一歩も動けなかった。

ジョーイがデスクの端に小さな手を置き、爪先立ちでアレイナを見た。けれど、彼女の目は息子を見ていなかった。見えない糸に引っ張られるかのように、エレベーター・ホールに向かっていた。

彼女の視線は、エレベーターを呼ぶボタンを押しているラファエロの姿をとらえた。彼がボタンから手を離し、ロビーのほうを振り向いた。その目がジョーイの姿をとらえたのが、アレイナにははっきりとわかった。おそらく、〝ママ！〟という声も聞いたに違いない。

明らかに彼の表情が変わった。

そのとき、ライアンもデスクにやってきた。「やあ」彼は無造作に言い、愛情たっぷりにジョーイの髪を撫《な》でた。

アレイナは返事ができなかった。胸が押しつぶされ、呼吸もままならない。

ラファエロの足が動いた。だが、ドアが開いてもエレベーターの中には入らず、アレイナとジョーイのほうに向かってきた。表情をいっさい消して。

アレイナの胸が騒いだ。一瞬、ライアンがジョーイの父親だとほのめかし、真実をごまかそうとした。けれど、ジョーイに目を留めた刹那、ライアンが父親だと偽るのは不可能だと悟った。

少年の顔にはラファエロが父親である証拠が刻まれていた。黒い髪、黒い目、顔の輪郭、すべてが二人の親子関係を物語っている。ジョーイは紛れもなく、ラファエロの息子なのだ。それを否定して何になるというのだろう？

ラファエロの目はジョーイに釘《くぎ》づけだった。デスクの前で足を止めた彼を、ライアンとジョーイが振り向いて見た。ライアンは、ラファエロが客だと思い、一歩下がった。ジョーイはデスクの端につかまり、不思議そうにラファエロを見たが、なんの反応も示さなかった。アレイナから、ママの仕事の邪魔をしてはいけないと教えられていたからだ。

ひたすらジョーイを見つめ続けるラファエロの顔は、完全に無表情だった。ほどなくライアンへと目を移したが、すぐにアレイナに焦点を合わせた。まるでレーザー光線のように。

「たぶん間違いない」ラファエロは言った。「きみは説明したいか？」

アレイナの顔からみるみる血の気が引いた。

心臓がすさまじい速さで打ちだしたが、ラファエロは少しも気にしなかった。たった今、自分の目で見ていることに集中していた。「それで？」張りつめた声で促す。

アレイナの顔はシーツのように白くなっていた。法廷で検察官にアリバイを崩され、嘘《うそ》を暴かれた被告人さながらに。

ラファエロは心のどこかにナイフを突き立てられた気分になり、さまざまな感情が湧き上がるのを感じたが、無理やり押し殺した。平静を保つために。

アレイナは何も答えず、真っ白な顔のままデスクの向こうにまわりこみ、近くにいた男に話しかけた。「ジョーイをちょっとカフェに連れていってくれない？　薄めたオレンジジュースを飲ませてやって」

アレイナは視線を少年に移した。「ジョーイ、ダーリン、五分だけライアンと一緒にいてちょうだい」そして少年を強く抱きしめ、頬にキスをしてから、背筋を伸ばしてライアンを見た。

すると一瞬、ライアンと呼ばれた男は固まり、アレイナと視線を交わしてから、少年の手を取ってフロントの反対側にあるカフェに向かった。

二人の後ろ姿を見送っていたラファエロは、再びナイフが自分の心に突き刺さるのを感じた。今度はより鋭く。それでも無表情を保ち続けた。

少しして振り返ると、アレイナの顔はまだ真っ白で、喉元が激しく脈打つのが見えた。

彼女はフロントから少し離れたところにいた若い女性スタッフのもとへ足を運び、声をかけた。「数分間、フロントをお願い」

それからアレイナは振り返って彼を見た。

「私のオフィスへ」

そう言って歩きだした彼女の足どりはぎこちなく、見るからに緊張していた。ラファエロはあとを追ってオフィスに入り、ドアを閉めた。

そして五年間も嘘をついていた女と対峙《たいじ》した。

「彼は僕の子だ」

その言葉を聞き、アレイナは息をのんでラファエロを見た。全身の筋肉がこわばり、喉がからからになった。「いいえ、ジョーイは私の息子よ」

ラファエロの表情のない目の中で何かが動いた気がした。それが何かはわからない。ただ、オフィスの中の酸素が薄くなり、急に息苦しくなったことは確かだ。彼はまたたく間にオフィスを、いや、すべてを支配した。

「ジョーイは私の息子よ、ラファエロ」アレイナは繰り返した。落ち着いた声を出せた自分を誇りに思う。「五年前、私たちが別れたとき、それは一時的な恋に燃え上がった末の永遠の別れだった。あなたはもう私に関心がないことをはっきりと示し、私はそれを受け入れた。以来、私の人生がどうなろうと、あなたには関わりがないの。今もこれからも」

彼の目がきらめくのを見たが、それは稲妻のようにすぐさま消え去った。アレイナはなんとか平静を保ち、声が震えないよう努めながら、さらに言葉を継いだ。

「こんなことになって、ごめんなさい。ショックだったでしょう。でも、あなたに義務やら何やらを課そうとは思わない。この五年間、あなたに連絡を取らなかったことが、その証拠よ」アレイナは言葉を切り、喉をごくりと鳴らした。「あなたにお願いしたいのは、ジョーイの存在を無視してこのまま身を引くことだけよ」

半ばまぶたを閉じた彼の冷淡な目がアレイナの顔

を射抜いた。「ライアンはきみのパートナーか？　夫なのか？」

　自分を守るために〝イエス〟と答えたかったが、アレイナは首を横に振った。「いいえ。私とライアンはお互いに育児を助け合っているの。保育園の送り迎えとか。彼は離婚していて、ジョーイと同じ年頃の女の子がいる。彼は友人よ」

「それは何よりだ」

　彼の口からその言葉がこぼれ出た。相変わらずそこに感情はなかったが、彼の肩のこわばりがいくらか和らいだように見えた。だが、彼の発した次の言葉がアレイナを打ちのめした。

「だったら、僕たちの結婚に支障はないわけだ」

2

ラファエロはアレイナのかすかなあえぎ声を聞いた。そして、彼女が目を見開くのを見た。

「結婚？」

　心のどこか、とても深いところで何かが動いたが、彼はそれを認めようとしなかった。「そうだ」

　アレイナの目に炎が燃え立った。その表情豊かな目は、常に彼女の美しさの一部だった。しかし、そんなものはどうでもいい。少なくとも今は。

「頭がおかしくなったの？」アレイナは信じられないという目で彼を見つめた。

　ラファエロは即座に否定した。「僕は正気だし、前言を撤回したりしない。だから、僕の時間を無駄にしないでくれ」結婚という言葉の重みに彼は暗い感情にとらわれていたが、あえて無視した。プロポーズは即座に決断を迫られた状況の必然的な結論だった。「法廷で争うのはばかばかしい」

「法廷?」

ラファエロはしばらくの間、血の気の引いたアレイナの顔を凝視した。

「五年前、きみは僕の息子を産んだ。そして今、僕は息子を見つけた」

アレイナは彼の声がずっと遠くから聞こえてくる気がした。ショックに次ぐショックでめまいに襲われ、よろめいた。だが、すぐにラファエロの手が伸びてきて彼女の腕をつかんだ。

「気絶するな、アレイナ」

霧に閉ざされたように思える空間に彼の声が響いた。アレイナは初めてそこに感情めいたものが宿っているのを感じ取った。同時に、椅子がヒップの下に滑りこみ、そこに座らせられた。突然、脚がゼリー状になった身には、ありがたかった。

「少し休んで、頭がはっきりするのを待とう」

腕をつかんでいた彼の手が離れると、鼓動が落ち着き、霧が晴れていった。アレイナは顔を上げた。ラファエロは彼女を見下ろしていた。彼はなぜかこれまでと違って見えた。理由はわからない。声も違って聞こえた。

「アレイナ、僕たちは礼儀正しく話し合える。とはいえ、きみは僕に協力する必要がある。僕は法的手段に訴えるつもりはない。だが、もしきみが僕との結婚を受け入れないのであれば、僕は容赦なく法廷闘争に持ちこむだろう。どうするか考える時間をきみに与えるが、そう長くは待てない」

彼女はぼんやりとラファエロを見上げた。彼がゆっくりと別の椅子に座り、上着のポケットから携帯電話を取り出すのを見ていた。

携帯電話の電源を入れ、情報を入力する準備を終えると、彼は言った。「まずはきみの住所からだ」

ラファエロはホテルのベッドに横たわり、天井を見上げていた。するべきことがたくさんあり、集中力を維持する必要があった。しかしふいに、なぜこんなに落ち着いていられるのかと不思議に思った。答えはすぐに出た。本能的にプロフェッショナル・モードに入り、今晩起こったことを冷静かつ科学的な方法で処理していたからだ。

状況をすばやく分析して必要充分な結論を導き、本題から不要なものは排除する。その本題とは、二度と会わないと思っていた女性が彼の子供を産みながら、ずっと隠していたという、ほんの数時間前に突きつけられた情報をどう処理するか、というものだった。

ラファエロがその本題に集中しようとしたとき、先ほどと同じ感情が再び彼の胸を切り裂き、つかの間、呼吸を奪った。時間を超越した一瞬、心の声がその感情の存在と存在理由を認めるよう促した。しかし、冷酷なまでの自制心でその声にあらがった。今はそのときではない。

彼はするべきことをリストアップする作業に戻った。彼にもアレイナにも選択の余地はなかった。

アレイナはベッドにうずくまり、上掛けを頭からかぶって、突然降りかかった災難を頭から締め出そうとしていた。ああ、彼と再会しなければ……。

五年前、私は選択を迫られ、その選択を守り続けてきた。妊娠したことをラファエロに知らせたいという圧倒的な誘惑を振りきって。もし知らせていれば、自分の人生に彼を呼び戻すことができただろう。しかし彼女は、彼がその知らせを歓迎しないことを、残酷なまでにはっきりと知っていた。

彼は私を欲していなかった。当然ながら赤ん坊も欲しがらなかっただろう。それこそが、彼女の選択を促した苦い現実だった。結局、アレイナはシングルマザーとなり、仕事と子育てを両立させて、息子に最高の人生を与えるべく努力してきたのだ。

なのに……。

今、アレイナの頭の中ではある疑問が居座っていた。さらに詳しい話をするために〝明日の晩に電話する〟とラファエロが彼女に告げ、ホテルのオフィスを出ていってからずっと。

彼は最初からジョーイを目当てにやってきたのだろうか？

ラファエロが去ったあと、恐怖に駆られてアレイナが急いでホテルのカフェに飛びこむと、ジョーイはご機嫌でオレンジジュースを飲んでいた。ライアンはすぐに顔を上げてアレイナを見たが、彼女は何も言わず、ジョーイの頭にキスをした。〝もういいかしら？　じゃあ、ライアンにおやすみを言って〟それからライアンに視線を移して続けた。〝私はほんのちょっと仕事を片づけてから出るわ〟

三人はカフェを出てロビーに戻った。

ホテルの玄関ドアの前で、ライアンが静かに尋ねた。〝必要なら、ここにいるが？〟

アレイナはとっさに首を横に振った。

彼の示した気遣いに、私はなんと言えばよかったのだろう？　私の人生に爆弾が落ちたというのに。

ライアンは同情するかのように彼女の腕を撫《な》で、ホテルを出ていった。

仕事の引き継ぎを終えてくたくたになって帰宅し、ジョーイを寝かしつけると、アレイナの頭の中ではラファエロの冷徹な言葉がぐるぐるまわっていた。まるでハゲタカのように。

〝もしきみが僕との結婚を受け入れないのであれば、

僕は容赦なく法廷闘争に持ちこむだろう〟

ああ、神さま、彼は本当にそんなことをするでしょうか？　恐怖がアレイナの胸を突き刺した。

神さま、私はどうしたらいいのでしょう？

ラファエロは、空港に最も近い町の住宅街の端にある、静かな並木道に面したモダンな一軒家の前でタクシーを降りた。そこがアレイナの住まいだった。

その日、彼はとても忙しかった。ロンドンで顧客と打ち合わせをしたあと、帰国便をキャンセルし、予約していた部屋を長期滞在に変更した。それから、係争中の子供の親権と最速の結婚方法に関するイギリスの法律について調べた。

そして今、こぢんまりとして質素だけれど、快適そうな居間で、ラファエロははっきりと告げた。

「きみは二択のうち好きなほうを選べばいい。それ以外は認めない」

明らかにアレイナは緊張していた。彼が座った肘掛け椅子の向かいのソファに腰を下ろし、両手を膝の上で固く握っている。指の関節が白くなるほどに。彼自身、柄にもなく緊張していた。

もっとも、二十四時間前に彼の人生を切り裂いた事件を考えれば、ラファエロ・ラニエリといえども緊張しないわけがない。

「それで、きみはどんな決断を下したんだ？」

彼女は青ざめていたが、前夜のように真っ白ではなく、髪は顔にかからないよう後ろで結んでいる。化粧はしていない。黒のパンツに深緑のポロネックのジャンパーという格好で、かえって顔色の悪さが強調されていた。

にもかかわらず、美しさは少しも損なわれていなかった。

五年前、ビーチで日光浴するアレイナの姿に初めて目を奪われたときの面影が残っている。あのときの彼女の美しさと魅力が、現在の状況を招いたのだ。彼女の美しさが損なわれていないことは確かだが、そんなことはどうでもいい。彼は自らを戒めた。

重要なのは、二階で息子が眠っていることだった。二十四時間前には存在すら知らなかった息子が。昨夜、息子の存在を知ったときと同じく、ラファエロは暗く名状しがたい感情に襲われた。

だが、今はそんな感情に浸っている場合ではない。混乱と葛藤が生まれるだけだ。それは彼が人生の早い段階で学んだ教訓だった。父親はその教訓の重要性をはっきりと説いた。過剰な感情を抱かないほうが、人生ははるかにスムーズに進む、と。

そこで、ラファエロはその苦労して得た教訓を生かそうとした。懸案は迅速かつ適切に解決しようと。

「それで、きみの選択は?」彼はアレイナを促した。

彼女がごくりと喉を鳴らし、唇を舐《な》めた。その無意識のしぐさが引き起こした心の揺らぎを、ラファエロは無視した。彼の鉄の意志は、ちょっとした逸脱も許さない。

アレイナは握りしめた手をさらに強く握り、そして話し始めた。

「答える前に、なぜ息子と関わりたいのか、その理由を教えて」

「僕の息子と?」ラファエロは声を荒らげた。「答えはこの言葉の中にある。僕の息子だからだ」

アレイナの目の中で何かがきらめいた。恐怖か、拒絶か、抗議か。彼にはわからなかった。

「でも、どうして? あれは休暇中のロマンスにすぎない――あなたはそう言ったのよ! それ以上は何も望まないとはっきり言った」

「確かに」ラファエロは認めた。我ながら冷酷だと思うが、彼女の気持ちを守ることに関心はなかった。少なくとも今は。「だが、息子は欲しい」

「どうして?」

ラファエロは横目で彼女を見た。「じゃあ、きみはなぜ彼が欲しいんだ？」

アレイナの顔がゆがんだ。「愚問だわ」

「僕もそっくり同じ言葉を返そう」その声には研ぎ澄まされた刃物のような鋭さがあった。「僕の息子だから、彼が欲しいんだ」

「でも、あなたは彼とはなんの関係もない！　あなたは彼を知らないし、彼にとっても見知らぬ人よ」

名状しがたい感情が再び、けれど今度はより強力に、ラファエロを襲った。「僕の息子を僕から遠ざけ、息子に関するすべての情報を奪っておいて、よくもそんなことが言えるものだ」彼は憤激し、食ってかかった。「アレイナ、これだけは信じてくれ。僕は彼の父親だ。それに伴う責任を放棄するつもりはない。僕は父親として、息子の人生の一部となる。今、決めるべきは、穏便に事を運ぶか、法廷闘争に持ちこむか、そのどちらを選ぶかだ」

ラファエロはそこで間をおいた。

「親権争いは悲惨で、金もかかる。そして無益だ」彼の声音が変わった。「今から代替案について説明しよう」

アレイナの両手はまだ握りしめられていて、指の関節は白いままだった。体のあらゆるラインに緊張があり、顔は引きつって青白い。ラファエロは感情を抑え、落ち着いた声で再び話し始めた。顧客を相手に状況を説明するかのように。

「もしきみが僕たちの結婚に同意するなら……僕たちは法律が許す限り迅速に民事婚をして、きみは仕事を辞める。そして息子を連れて僕と一緒にイタリアに行き、そこで互いに敬意を持って暮らす。きみがこの状況を受け入れることを期待する」ラファエロは彼女を凝視して続けた。「僕の提案に従うほうが賢明だと思うが？」

ラファエロは、アレイナが目を閉じ、ゆっくりと首を左右に振るのを見た。それは拒絶の意思表示というより、疲労によるもので、次の瞬間、彼女の頭ががくんと垂れた。ラファエロは自分の目標が達成されたことを悟った。

アレイナが顔を上げ、彼と目を合わせた。

ラファエロはまた話し始めた。その声は穏やかで、融和的でさえあった。

「アレイナ、きみは妊娠したことを僕には話さないと決断した。僕が息子のことを知った今、きみはもう一度決断しなければならない。僕は、裁判につながるような醜い争いは絶対に避けたいと思っている。だからこそ、たった今説明した代替案を受け入れてほしい」

ラファエロは口を閉じ、自分の話をアレイナが充分に理解する時間を与えた。だが、彼女の目に敵意が浮かぶのを見て、しかたなく口を開いた。

「きみが僕の提案を受け入れた場合でも、結婚を永久に続ける必要はない。子供が安全で健やかに育つには両親のいる安定した家庭が必須だ。だが……」

彼はつかの間、口を閉ざした。話しているうちに、子供の頃の記憶が脳裏によみがえり、自問していたからだ。僕の子供時代は安全だったのだろうか？

苦悶《くもん》に顔をゆがめながら夫に呼びかける母の泣き声が聞こえる。母の手を振りほどき、いらいらと大股で部屋を出ていく父の姿が見える。母は顔を涙でくしゃくしゃにしながら父に追いすがって……。

ラファエロはその記憶を頭から締め出した。どんな結婚をするにしても、両親のような結婚にはしたくない。節度ある文明的な結婚にするべきで、そこに感情の入る余地はない。

「子供が自分の意見を主張できる年齢になったら、僕たちは離婚してそれぞれ新たな人生を始めることができる。そのことに異論はないはずだ。かなり先のことになろうが、その点は心に留めておいてほしい——決断を下す前に」彼はいったん言葉を切ってから続けた。「明日、返事をくれ。そうすれば、きみの決断に沿って対処する」

　アレイナは無表情で彼を見た。「私がどんな決断を下すか、あなたはもう知っているんでしょう？　あなたの言うとおり、親権を巡る争いは悲惨なものになるだろうし……」彼女の口元がゆがんだ。「私はジョーイをそんな醜い争いに巻きこみたくないの、絶対に！」

　ラファエロはゆっくりとうなずいた。彼女の顔はまだ青ざめていた。

「その点では僕たちの考えは一致したようだ。うれしいよ。アレイナ、息子に対する僕の責任は絶対的なものだと理解してほしい。きみの責任も同様だ。これからは何事につけ、僕たちはそれを前提に決断し、行動しなくてはならない」

　彼は立ち上がった。

「じゃあ、今日はこれで失礼する」

　居間を出て階段の前を通り過ぎる際、ラファエロはちらりと上を見た。その階段の先にある部屋で、息子が眠っているのだ……。

　またも鋭い感情に胸を切り裂かれながら、彼は早足で外に出て、待たせておいたタクシーに乗りこんだ。

　アレイナはジョーイの小さなベッドの傍らに座りこんだ。息子は〝テッズ〟と名づけたテディベアを抱いて眠っている。彼女の心は沈み、頭の中では五年前のラファエロの言葉がぐるぐるまわっていた。

〝アレイナ、僕たちが一緒に過ごした時間を実際以上に深読みしてしまったのなら、申し訳ない。椰子《やし》の木と銀色の砂と南国の月が、きみに間違ったメッセージを送ってしまったのだろう〟

　それがすべてだったのだろうか？　本当に椰子の

木と銀色の砂と南国の月のせいなの？　真夜中の浜辺で抱き合い、夢中で唇を重ねたのは、ロマンティックな雰囲気にのまれたから、ただそれだけのことだったの？　あくまでもつかの間のロマンス？

　少なくとも私は違う。私は仕事を辞めてラファエロと一緒にローマに行き、彼とのロマンスをずっと続けたいと切望していた。なぜなら、彼は私がそれまで出会った中で最高の男性だったから。

　カリブ海への旅という非日常が私の恋心をかきたてたのは確かだけれど、なんといってもラファエロ自身の魅力によるところが大きい。

　あれは日光浴をしていたときだった。ふと目を上げると、隣のファルコーネ・ホテルから長身の男性が出てくるのが見えた。この上なくハンサムでセーブル色の髪をした男性が、のんびりと浜を歩いてくる。ダークグリーンのショートパンツに、モスグリーンの半袖のコットンシャツという格好で、その視線はなぜか私に注がれていた。

　その瞬間、私は彼のとりこになった。

　翌日の夕方、非番の同僚たちとファルコーネで毎週開催される有名なバーベキュー・パーティに出かけたとき、ラファエロと再会した。そして、彼が独身だとわかると、私はすっかりその気になった。

　彼は私を、混雑したバーベキュー・エリアとは反対側の静かな場所に連れ出し、二人きりでコーヒーとリキュールを楽しんだ。

　私は彼の巧みな誘惑に積極的に応じ、熱いロマンスに身を委ねた。ラファエロと一緒にいたくて、一瞬一瞬を逃すまいとした。本能的に、抗《あらが》いがたいほどに、これは唯一無二の恋だと知っていた。

　もし彼に〝ずっと一緒にいよう〟と言われたら、私は一も二もなくうなずいていただろう。頭の中で母が警告を発していたもかかわらず。

　〝気をつけなさい、ダーリン！　あなたのことを望んでいない人に心を捧《ささ》げてはだめよ。いい、私が犯した過ちを繰り返さないで〟

間一髪だった。アレイナは危ういところで引き返すことができた。ラファエロが〝一緒にいてくれ〟とは言わなかったおかげで。

ところが、彼は今、ジョーイのために要求している。一緒にいてくれと。なんと皮肉なことか。

ぐっすり眠る息子を見つめながら、アレイナは立ち上がった。朝になれば、ジョーイの人生は一変する。もちろん、私の人生も。仕事を諦め、小さな家を出て、友だちとも、慣れ親しんだ生活とも別れ、千数百キロも離れた異国の地に移り住むのだ……。

アレイナは目を閉じた。それを受け入れる以外に、私に何ができるというの？

彼女はゆっくりと目を開け、再び命より大切な息子を見つめた。

3

ラファエロは、アレイナの家の前でタクシーから降りた。前回の訪問は夕刻だったが、今回は朝だ。しかも、対決するために来たのではない。彼女は、二人が置かれた状況において、唯一まともで合理的な決断を下した。それでも、彼は緊張していた。まもなく実現する息子との初対面を前にして。

僕には父親としての自覚があるのだろうか？　何もない。これまでは僕にはまったく必要のないスキルだ。考えたことすらない。

しかし今、ラファエロはそれを必要としていた。

どうすればいいんだ？

その問いかけが突然、父親にまつわる記憶を呼び覚ました。父はいつもしかめっ面をしていた。静かにしろと不機嫌に言い放ち、夏休みの宿題をすませたかどうか厳しく問いただした。母親の抗議にも耳を貸さず、いかにも不快そうに部屋を出ていき、書斎にこもった。

ラファエロはそんな記憶を頭から締め出した。これから会う息子にとって、僕がどんな父親になるにせよ、僕の父のような厳しい態度をとることはない。けっして。

僕は息子のために全力を尽くす。

それが何を意味するのであれ。

とたんにラファエロの顔がこわばった。僕はこれまで享受してきた人生を諦める覚悟ができているのだろうか？　自由で快適な独身生活を捨てて、生き方を一変させる覚悟があるのか？

ある。息子のためなら。

ラファエロは決意を固め、ドアベルを押した。

ドアベルが鳴ると、アレイナは言った。「ジョーイ、ダーリン、あなたに会わせたい人がいるの」

ジョーイは母親と一緒に居間の床に並べていた電車の玩具から顔を上げた。とたんに胸が締めつけられ、心拍数が上がるのを意識しながら、アレイナは立ち上がって玄関に向かった。

ドアを開けると、当然ながらラファエロが立っていた。イタリア製のチャコールグレーのスーツに身を包み、シャツはぱりっとして、シルクのネクタイはスタイリッシュだけれど控えめだ。カフスボタンからはゴールドのきらめきが放たれていた。その姿を見ただけで生じた胸の高鳴りを、彼女は必死に抑えこんだ。

ラファエロは冷静に挨拶し、彼女も同じように返した。とはいえ、アレイナは彼が自分と同じように緊張していることに気づいた。無理もない。

アレイナが彼を居間に案内すると、ジョーイは興味深げにラファエロを見た。「ホテルにいた人だ」

ラファエロは重々しくうなずいた。アレイナは彼から少し離れて立っていたが、一段と心拍数が上がるのを感じた。

「そうだよ。きみはジョーイだね？」

「うん。こんにちは。今、電車で遊んでいたんだ」

「そうみたいだね」ラファエロは床に並んだ玩具を見て言った。

アレイナは彼の頬骨がぴくりと動くのを見逃さなかった。しかし、それ以外に、息子と初めて話していることを感じさせるものはなかった。

彼女の顔に影が差した。私は正しいことをしたのだろうか？

それは、これまでも繰り返しアレイナを悩ませてきた問いかけだった。ラファエロに妊娠を告げず、一人で子供を育てるという決断は簡単なものではなかった。けれど今、その葛藤は終わった。彼女が望むと望まざるとにかかわらず。

ラファエロはジョーイのことを知り、彼を欲しがった。そしてなんとしても息子を手に入れると決意している。私と結婚することも。

五年前、もしラファエロに求婚されていたら、もし彼が一緒にイタリアに連れていってくれたなら、私は彼の腕の中に身を投じ、今頃はロマンティックな至福の生活を送っていたに違いない。

今は違う。同じ求婚でも、まったく違う。

ジョーイがラファエロに電車のことを話し始めた。ラファエロは注意深く耳を傾けている。二人の顔はとてもよく似ていた。

父と息子……。アレイナの心は千々に乱れた。

「座って、ラファエロ」彼女はソファを指差した。

「ありがとう」ラファエロは相変わらず重々しい口調で応じた。彼が彼女に、結婚と法廷闘争の二者択一を迫った昨夜と同じように。

アレイナは感情が揺れ動くのを感じた。視線をラファエロに向けると、その存在感に圧倒された。しかし、彼女はそれを脇に押しやった。視線がなぜ彼に釘《くぎ》づけになるのかを考えてはいけないし、彼との記憶を呼び起こしてはいけないから。さらに、行き場のない感情を抱くのを自分に許してはいけないから。

私はずっと前に、その感情を追放した。それには、彼と過ごした時間をけっして思い出さないことが不可欠だった。思い出なんてなんの役にも立たない。私の唯一の目的はジョーイを守ることだ。

アレイナは小さくため息をつき、ラファエロの隣にしゃがみこんだ。「ジョーイ、ダーリン、大事なお話があるの」喉が急に締めつけられるのを自覚しながら、息を吸いこむ。「この人はあなたのパパよ。ライアンがベッティのパパであるように」

ジョーイの視線がぱっとラファエロに注がれた。子供ならではの率直さで。「こんにちは」少年は言い、そして顔をしかめた。「今まで、どうして一緒にいなかったの？」

アレイナの喉はさらに締めつけられた。ああ、神さま……。

彼女の目はラファエロに飛んだ。彼はなんて言うだろう？　アレイナはパニック寸前だった。

「海外にいたんだ、ジョーイ」ラファエロは穏やかに答え、淡々とした口調で続けた。「イタリアに。きみときみのママは、これから僕と一緒にイタリアで暮らすことになった」

ジョーイの視線が母親に戻る。

喉を締めつけられたまま、アレイナは息子に向かってうなずいた。「そうよ。きっと楽しいわ」

ジョーイは考えこむように母親を見つめ、次にラファエロを見た。そしてまた彼女を見た。「電車を持っていってもいい？　おもちゃも全部？」

「もちろんだ」ラファエロは請け合った。

ジョーイにはそれだけで充分だったらしい。「よかった」そう言って、少年はレールを敷き、電車を走らせ始めた。

ラファエロが立ち上がると、アレイナも立ち上がった。

「コーヒーでもいかが？」どうしていいかわからず、彼女はとりあえずキッチンに向かった。ジョーイは電車遊びに夢中だから、しばらくは大丈夫だろう。

ラファエロは彼女のあとに続いてキッチンに入り、朝食用カウンターのスツールに腰を下ろした。

アレイナはケトルを火にかけた。「どうやらうまくいったようね。子供って、ただ目の前の物事を受け入れるだけなのかもしれない」

「僕たちもそうしなければ」

ラファエロの言葉にアレイナはうなずき、コーヒーをいれる作業に戻った。「それで、今どうなっているのかしら？」落ち着いた声を出せたことに、彼女は感謝した。彼の前で混乱したり動揺したりする姿を見せたくなかった。

ラファエロは冷静沈着だった。それに倣うことで、アレイナはこの非現実的な状況にいくらか対処しやすくなる気がした。

非現実的な状況？

またも心拍数が上がり、アレイナはアドレナリンが噴き出すのを感じた。結婚しなければ最愛の息子の親権を巡って争う羽目になる——そんなことを言った男のためにコーヒーをいれるなんて。もう五年も会っていない男に、もう二度と会うことはないと思っていた男に？

まったくもって非現実的だわ！

アレイナの物思いはラファエロの声に遮られた。

「事務手続きの最中だ。僕たちの結婚に必要な書類を準備している。ジョーイはパスポートを持っているのか？」

「ええ。去年のクリスマスにライアンとベッティと一緒にユーロスターでフランスに行ったの」

　ラファエロの顔がこわばった。アレイナは彼の胸中を読み取り、彼が口を開く前に言葉を継いだ。

「彼はただの友だちだと言ったでしょう。ホテルは二部屋とったの。もちろん、ライアンはベッティと、私はジョーイとね。みんなでパリ郊外にある大きなテーマパークに行って……子供たちは大喜び」

　説明しながらも、アレイナは憤りを感じていた。たとえ私がライアンとのセックスを望んでいたとしても、ラファエロの知ったことではない。彼が明言していたように、彼は私を必要としていなかったのだから。

　今も同じ。ラファエロが欲しいのはジョーイであって、私ではない。アレイナは自分に言い聞かせた。私たちはジョーイの両親になる。ただ、それだけ。

　四十八時間前まで、私の人生はこの五年間と同じだった。それが今、根底からひっくり返された。一歩ずつ前進することでしか対処できない。よけいなことを考えないようにしなくては。

　アレイナはマグカップにコーヒーをつぎ、彼の前に置いた。いつも彼はブラックだ。それ以外にも、彼について覚えていることはたくさんあるが、彼女はそこで思考を断ち切った。

「ジョーイにあなたのことをなんて呼ばせたい？　パパ？　ダディ？　イタリア語ではなんと？」

「パパでかまわない」

　アレイナはうなずき、自分のコーヒーにミルクを加えた。

「彼はイタリア語を勉強する必要がある」ラファエロは続けた。「あの年頃はスポンジみたいなものだから、どんどん吸収するだろう」

突然、アレイナは胸を締めつけられ、動揺した。それを表に出したくはなかったが、抑えようがなかった。ジョーイは母国から切り離されて外国に行き、別の国の言葉を学ばなければならず、そして、急に現れた父親の国籍を取得しなければならない。

どうして?

その疑問はアレイナの胸を突き刺したが、彼女は無理やり振り払った。

私は決断しなければならなかった! 私とのことは休暇中のいっときのロマンスにすぎないと明言していた男性が、息子の存在をどう考えるか。

しかし、その議論を蒸し返すつもりはなかった。今さらどうにもならない。アレイナが対処しなければならないのは現在であり、過去ではない。ラファエロは彼女の人生に舞い戻ってきた。そして、ジョーイの人生に関わりたい、息子が欲しいときっぱりと言った。それこそが紛れもない現実だった。

だから、これ以上私が決断を下すことはない。もう一つの選択肢が耐えがたい悪夢になるとわかっている以上、このまま進むしかないのだ。

アレイナはマグカップに目を落とし、機械的にミルクをかきまぜた。彼女の頭の中にはある問いが渦巻いていた。答えはおろか、聞きたくもない問いが。

今回の決断で、いったい私はどんな危険にさらされるの?

タクシーはアレイナの家の前で止まった。だが、ラファエロは車を降りようとせず、彼女が出てくるのを待った。ドアに鍵をかけ、イギリスに、そしてこの家での生活に別れを告げるために。

そう、彼女は僕の人生に加わるのだ。

もっとも、それは息子のためにそうする必要があったからだ。アレイナもその必要性を認めた。彼女が結婚を受け入れてくれたことに、ラファエロは心から感謝していた。

彼はしばらく目を閉じた。自分の子供時代の記憶が押し寄せるのを感じる。母は感情をうまく制御することができない質《たち》で、しばしばヒステリーを起こし、父がそのことを非難するたび、泣き叫んだ。

もし僕が結婚しようとしているのが母と同じような女性だったら？

ラファエロは内なる震えを感じたものの、すぐさま安堵感《あんどかん》を覚えた。

きっと僕たちは良好な結婚生活を送れるだろう。二人ともよき親になり、息子のために安定した家庭を築くのだ。

それ以外のことは……。

胸がざわついた。それ以外のことは、そのときどきで対処すればいい。今考える必要はない。

ラファエロはタクシーの窓から、アレイナが出てきてドアに鍵をかけるのを見た。彼女はしばらくの間、自分の家を眺めていた。住み慣れた家を。そして背筋を伸ばし、キャリーバッグを引きながら、タクシーのほうへ歩いてきた。主な荷物はその週に空輸され、ローマで彼女を待っていた。

二人は今日の午後に結婚し、ジョーイを保育園に迎えに行ってから、イタリアへ飛び立つ予定になっていた。二人の結婚生活は今日から始まるのだ。

それが必要なことのすべてだった。

ラファエロはタクシーから降り、彼女のキャリーバッグを受け取って車の中に入れた。彼女は青ざめてはいたが落ち着いていた。ビジネススーツを着て、髪はフランス風にきちんとまとめて、化粧は最小限にとどめている。

ラファエロは顔をしかめた。イタリアでの優先事項がなんであれ、一つだけはっきりしていることがある。それは、アレイナは彼の妻としてふさわしい身なりをしなければならないということだ。だが、彼の不快感はすぐに消え、目が輝いた。今後は、彼女が今のようにあえて美しさを隠す必要はないことに気づいたからだ。

もっとも、それはあとの話だ。今は結婚式のことだけを考えなくては。ラファエロは彼女のほうに顔を向けた。「準備はいいか？」

ハンドバッグを持つ指に力がこもった気がしたが、アレイナの声は落ち着いていた。「ええ」

ラファエロにとって必要なのはその返事だけだった。

タクシーが走りだした――結婚式に向かって。

アレイナはラファエロの隣に立っていた。登記所のテーブルの上には花が飾られているだけで、普通の結婚式のような華やかさはかけらもなかった。そして、新郎のラファエロも新婦のアレイナも身につけているのはビジネススーツだった。ジョーイはまだ保育園にいる。今日が最後の登園だった。

この短い、けれど法的拘束力のある儀式によって、アレイナはラファエロの妻となる。そして新生活が始まるのだ。

彼がジョーイの存在を知ってから数週間が過ぎ、アレイナはこれから起こることをできる限り受け入れようと決めていた。それがこの状況に対する最も有効な対処法だった。

ラファエロは冷静かつ現実的で、平然としていた。彼女と同じく。

そうした彼の態度はジョーイにとってもよかった、とアレイナは思った。

私が今起こっていることを受け入れている姿を見れば、ジョーイもそうするだろう。息子はいかにも単純で子供っぽいやり方で、ラファエロを受け入れているように見える。ジョーイが彼を受け入れられるなら、私だって受け入れることができる。

なぜなら、今この瞬間、私がしようとしている結婚は、私にもラファエロにもなんの関係もないからだ。かつて二人の間にあったもの、私が望んでいたこと、あるいは彼が望んでいなかったこととはなんの関係もない。私がラファエロと恋に落ちる寸前まで行ったことも、彼がイタリアに戻ったときにぎりぎりのところで引き返したこととも関係ない。二人の気持ちや、それぞれの望みとは無関係なのだ。

この結婚はジョーイのためだ。それ以上でも以下でもない。

今、ラファエロと同じく落ち着いた声で戸籍係が要求する答えを返しながら、それを忘れないことがこの結婚をうまくいかせる鍵なのだ、とアレイナは改めて自分に言い聞かせた。

ジョーイは車の窓からローマの街を眺めていたが、まぶたは半ば垂れ下がっていた。少年はフライトを存分に楽しみ、なぜ飛行機は空から落ちないのか、なぜ未開封のポテトチップスの袋がぱんぱんにふくらむのかなど、ラファエロに際限なく尋ね続けた。そして、ラファエロは辛抱強く答えていた。アレイナは喜んで息子を彼に任せ、ぼんやりと窓の外を流れる白い雲を眺めていた。

今、彼の運転手付きの豪華な車の背にもたれながら、アレイナはなかなか理解できない考えが頭の中をゆっくりと巡っているのを感じた。

今日、私は結婚したのだ……。

でも、そのことは考えないほうがいい。アレイナは自戒した。ラファエロの選択を受け入れて以来そうしてきたように、現実的なことだけに集中したほうがいい。

イタリアに着いたことで、アレイナは自分の人生がいかに変わったかを思い知らされた。ジョーイはイギリスの国籍を維持するだろう。もちろん、彼女自身も。アレイナのパスポートはまだ旧来のままで、亡母の遺産で買った家もそのまま所有し続けるつもりだった。クレジットカードも銀行口座も同様だ。ラファエロの妻としてどうなろうと、私は私であり続けるだろう。彼が何を言おうと。

ふとラファエロが口にした言葉が脳裏によみがえった。

〝僕たちならできる、節度ある文化的な結婚を〟

そして、アレイナはそうするつもりだった。彼女はハンドバッグの持ち手をぎゅっと握りしめた。そう、彼の言うような結婚がきっとできる。

「もうすぐだ」ラファエロの低い声が彼女の思考を遮った。「僕のアパートメントは旧市街にある十九世紀に建てられた古い邸宅の中にある。当面はそこを拠点にするつもりだが、ジョーイにはもっと広いスペースが必要だろう。だから、郊外に家を買うことにした。しばらくは物件探しで忙しくなるかもしれない」

アレイナはうなずいた。しばらくしてラファエロのアパートメントに着いたとき、そこがジョーイにとって理想的な家でないことがよくわかった。石畳の中庭が唯一の屋外スペースで、屋内にはアンティークの家具が置かれ、とても高価なオブジェが飾られている。活発な四歳児にはまったくふさわしくない。そのジョーイは今、いかにも眠たげにあくびを繰り返していた。

ラファエロは二人を寝室に案内した。そこには、美しい彫刻が施されたベッドの隣にエキストラベッドが置かれていた。

アレイナはジョーイを、寝室と同じように豪華なバスルームに連れていった。ざっとフランネルで体を洗い、パジャマを着せる。それからお気に入りのテッズを抱かせてエキストラベッドに寝かせた。すると、ジョーイはたちまち眠りに落ちた。

息子を見下ろしながら、アレイナは胸を締めつけられた。最愛の我が子のために、私は慣れ親しんだものすべてから、苦労して築いた人生から、自らを切り離した。そして、非現実的としか思えない結婚に身を投じたのだ……。

アレイナは身をかがめ、ジョーイの額に愛情をたっぷり込めてキスをした。

私ならできる！　大丈夫よ！　約束する、あなたのために全力を尽くすって。

アレイナは身を起こし、もう一つのベッドの向こうにあるベッドサイドの柔らかな明かりに照らされた息子を、再び見ていた。そしてため息を一つついて部屋を出た。

ラファエロはダイニングルームでアレイナを待っていた。大きなサッシの窓にはドレープの美しい暗緑色のベルベットのカーテンがかかり、磨きあげられたマホガニーのテーブルには銀食器とクリスタルのグラス、リネンのナプキンが二人分用意されていた。彼女はこのとき初めて、ラファエロ・ラニエリがかなりの資産家であることを知った。

もっともアレイナが働いていたホテルの隣にあるファルコーネ・ホテルに滞在する人が裕福でないはずがない。

とはいえ、高級レストランで食事をしたのは事実だけれど、ラファエロの服装はというと、ビーチカジュアルだった。ただし、チェーン店で売られているような代物でないのは明らかだった。いずれにしろ、当時のアレイナは彼の身なりにほとんど注意を払っていなかった。

ラファエロは礼儀正しくアレイナに挨拶し、ジョーイの様子を尋ねたあとで、テーブルにつくよう促した。彼女はあたりを見渡し、優雅な内装に内心でため息をついた。骨董品《こっとうひん》や美術品がそこかしこにさりげなく置かれ、壁に飾られた古風な風景画は、おそらく美術館に展示されていてもおかしくない名画に違いない。

　給仕用のドアから執事のような男性が現れると、ラファエロはすぐさまその男性にアレイナを紹介した。すると、中年の男性は丁寧に頭を下げ、それからメイドを手招きした。メイドは大理石のサイドボードからワインのボトルを取り出し、ラファエロに差し出した。

　アレイナが慎重にリネンのナプキンを膝の上に広げると、ラファエロが彼女をスタッフに紹介する声が聞こえた。

「こちらはシニョーラ・ラニエリ」

　初めて聞いたその言葉に、アレイナは信じられないほどの衝撃を受けた。

「アレイナ、ワインはどうかな？」

　彼女はうなずくと、ラファエロはグラスにワインをついだ。二人の前に皿を置いたメイドに、アレイナは感謝の言葉をつぶやいた。

　スタッフが退き、二人きりになるや、ラファエロが言った。「乾杯しよう」

　アレイナは彼がグラスを掲げ、テーブル越しに彼女に向かって傾けるのを見た。

「この結婚の成功を祈って」

　ラファエロの声はこれまでと同じように落ち着いていたものの、その黒い目には奇妙な輝きがあった。

「僕たちならできるよ、アレイナ」彼は静かに言葉を継いだ。「その気にさえなれば」

　アレイナはぎこちなくうなずき、自分のグラスを持ち上げ、ルビー色の液体を口に含んだ。濃厚で芳《ほう》醇《じゅん》な香りと味がする。彼女の向かいに座る冷静沈着な男性も、渋さの中にも洗練された色香を漂わせていた。黒くて長いまつげに覆われた目と形のよい口元を見るだけで、酔いがまわりそうだった。

にわかにアレイナは危険を感じた。けっして油断してはならない。この結婚生活においては。

アレイナは震える手でグラスを置いた。「そうね、私たちならできると思う」

微笑を浮かべ、ナイフとフォークを手に取り、皿の上のホタテのバター焼きにサフランジュースをかけた。

ラファエロ——私の夫と始める結婚生活の最初の食事。

アレイナはいまだ、まったく非現実的な気分の中にいた。

4

思いがけず、アレイナは夢も見ずにぐっすりと眠ることができた。ジョーイも同様で、彼女はそのことに感謝した。

息子はいつものように起こしに来た。テッズを片手にベッドに潜りこみ、アレイナに寄り添う。

「おはよう、マンチカン」彼女は寝ぼけ眼で言い、小さくて温かな体をぎゅっと抱きしめた。

「今日はお休み？」

アレイナはほほ笑んだ。「そうね、休日のような気分ね。でも、これから冒険が始まるかも」

「冒険は大好き」ジョーイはうれしそうに言った。

息子の言葉をアレイナは喜んだ。たとえそれが今だけのことだとしても。彼女の中には、息子がはたして新しい生活に適応していけるだろうかという懸念が居座っていた。

今すぐタクシーで空港に向かい、最初の便でイギリスに帰りたい、この五年間に築きあげた生活に戻りたい——そんな切望が彼女の胸を突き刺した。けれど、その希望はとっくに潰《つい》えていた。アレイナはこの新しい生活を受け入れ、適応しなければならなかった。もちろん、ジョーイも。

アレイナは息子を立たせ、コットンのズボンとチェックのシャツを着せた。続いて自分の着替えに取りかかり、黒のパンツと薄手のニットのトップスを身につけた。髪はいつものフランス風の三つ編みにして後ろで束ねたが、化粧をする必要は感じなかった。

ダイニングルームには、すでにラファエロが席についていた。彼女が入っていくと、礼儀正しく立ち上がった。

「おはよう《ボンジョルノ》」彼は楽しげに言い、ジョーイに視線を送った。

アレイナの脈が跳ねた。私はいつになったらラファエロに対する免疫ができるのだろう？　いずれは慣れるに違いないけれど……。そう考えるしかない。幸い、ラファエロは今のところ彼女に注意を払っていなかった。

彼がブースターシートを据えつけた隣の椅子を引き出すと、ジョーイは夢中になってよじ登り、アレイナも別の椅子に座った。テーブルの上には、オレンジジュースの入ったデカンタ、コーヒーのポット、ホットミルク、そしておいしそうなロールパンとペストリーが積まれたバスケット、バター、ジャム、蜂蜜の小皿が並べられていた。

「わあ、おいしそう！」ジョーイが笑顔で言った。

アレイナは息子のためにオレンジジュースをマグ

カップについで氷水で薄めたあと、ロールパンにバターを塗った。「最初にロールパン、それからクロワッサンを食べて」

「イタリアでは、クロワッサンのことを〝コルネッティ〟と呼んでいるんだ」

「アイスクリームのコルネットみたい」ジョーイが言った。

「そうだね。両方とも角の形をしているだろう? 〝角〟を意味するラテン語の〝ホルン〟から生まれた言葉なんだ」

「ラテン語って?」

「イタリア人の祖先のローマ人が話していた言葉だよ。ローマ人は大昔、ヨーロッパを支配していたから、ローマ人が使っていた言葉が今も世界中にたくさん残っているんだ。コルネットとかコルネッティとか」

二人の話に耳を傾けながら、アレイナはオレンジジュースをつぎ、それから濃くてかぐわしいコーヒーにホットミルクを加えた。

ファルコーネ・ホテルの彼の部屋のバルコニーでラファエロと一緒に朝食をとったときのことを、アレイナは思い出した。

紺碧《こんぺき》の海に照りつける陽光、備えつけのコットンのバスローブに包まれた私、シルクの膝丈のドレッシングガウンを着たラファエロ……。

アレイナは急いでその記憶の扉を閉じた。あれはもう五年も前のことよ。

彼女はジョーイを見やった。息子はパンを頬張りながら、古代ローマ人に関する父親の話を興味深そうに聞いている。

私とラファエロを結びつけているのはジョーイだけ。ほかには何もない。このことをけっして忘れてはいけない、とアレイナは自分に思い出させた。

私が今ここにいるのは、避妊に失敗したからだ。

意図せざる事故のせいだ。

ジョーイと目が合うと、アレイナは心臓がきゅっと縮まるのを感じた。耐えられないほど圧倒的な愛が全身を満たしていく。その事故から、この世で最も貴重な赤ん坊、最愛の息子が生まれたのだ。

この子のためなら……私はなんでもする！　息子のためなら！

アレイナの視線が、まだジョーイと話しているラファエロに注がれた。彼の表情は読めない。奇妙な感情が彼女の中に浮かんでは消えた。しかし、彼女が何を感じ、何を感じなかったかは問題ではなかった。すでに賽《さい》は投げられたのだ。ジョーイの父親の妻となった以上、アレイナは何事もそれを前提に行動したり決断したりしなければならないのだ。

古代ローマ人についての話が終わり、ジョーイはロールパンを食べ終えた。続いて彼は母親の許可を得てコルネッティを食べ始めた。

それを機に、アレイナは気になっていたことをラファエロに尋ねた。「今日はどうするの？」

彼はコーヒーを一口飲んだ。「車で郊外に出かけようと思う。新居候補のリストを用意したから、その中からいちばん気に入ったものを選んでくれ」

朝食後まもなく、二人はジョーイを連れてアパートメントを出た。

ジョーイは待機していたサルーンカーに勇んで乗りこんだ。アレイナは石畳の広場にしばしたたずみ、段々畑のように立ち並ぶ優雅な邸宅や石造りの噴水を見渡した。そこは控えめながらも裕福さを感じさせる雰囲気に満ちていて、ラファエロにぴったりだ、と彼女は思った。

「このアパートメントは立地が最高なんだ」アレイナが助手席に座ると、すでに運転席に座っていた彼が言った。今日は自らハンドルを握るらしい。「接待や外出するときの拠点になる」

「接待や外出は私とあなただけで？」

「どの家を選んでも、スタッフが常駐している」ラファエロは言った。「だから、ジョーイの世話なら心配はいらない。きみは僕の妻として……」彼の声音が変わったが、それが何を意味するかアレイナにはわからなかった。「社交の場に出る必要がある」

アレイナは何も答えず、ジョーイをチャイルドシートに座らせた。今しがたのラファエロの宣言をどう受け止めたらいいのかわからなかった。

私はそんな先のことまで考えていなかった……。

車が走りだすと、アレイナもジョーイも窓の外を興味深そうに眺め始めたが、ほどなく彼女は言った。

「ひどい渋滞ね」

「ああ、ローマの渋滞は悪名高い」ラファエロは同意した。「だから僕はめったに運転しないんだ。運転を人に任せれば、渋滞で車が進めなくても、僕は仕事を進められる」

それは運転手付きの車を所有するという贅沢《ぜいたく》に対する正当な理由のように思えたが、ラファエロ・ラニエリの裕福さを示すもう一つの証拠でもあった。もっとも、アレイナは彼がどれくらい裕福なのか知らなかったし、気にもしていなかった。ただし、親権争いになったら、資金潤沢なラファエロに勝てる見こみはまったくないとわかっていた。

アレイナは両手を膝の上で強く握った。今の状態はそれよりはましだ。そうでしょう？

彼女はその問いを頭から締め出した。疑問や疑念を抱くには遅すぎる。好むと好まざるとにかかわらず、自分とジョーイの人生を根こそぎ変えてしまったあとでは。

そして、私はシニョーラ・ラニエリとなったのだ……。その事実に、アレイナは息をのんだ。それがいかに非現実的だろうと、真実には違いはない。もはや彼女はそれをやり遂げなければならなかった。できる限り優雅に。

ラファエロは、アレイナが断った三軒目の家の私道の出口で車を止め、携帯電話を出して不動産業者が作成したリストを眺めた。次の家はどうだろう？　彼女はこれまでの三軒を、大きすぎる、重厚すぎる、荘重すぎるといった理由で拒否していた。

「もっと……その、普通の家はないの？」

ラファエロは振り返って彼女を見た。「それがきみの望みか？」

「ええ」アレイナは答えた。

彼は車を出した。これから向かうヴィラは、彼のベスト・スリーには入っていないし、市街から少し離れていたが、そこに着くなり、アレイナはほほ笑んだ。

「ああ、なんて魅力的なの！」

ラファエロが車から降りると、アレイナがあたりを見まわしている姿が目に入った。敷地をぐるりと囲む石垣の向こうへと続く細い道はとても静かで、生い茂る木々の間から鳥のさえずりが聞こえるだけだ。そして、地中海風の屋敷が広大な庭園に寄り添うように立っていた。築年数は不明だが、白い石造りの二階建てで、アーチ型の窓があり、正面には色とりどりの花壇があって、美しいことこの上ない。

中に入っても魅了され続けているアレイナに、ラファエロは言った。「改修が必要だな」

アレイナが彼のほうに目を向けた。「私の基準からすれば、充分に美しいわ。それに家庭的な感じだし」あたりを見まわして続ける。「家具はどうするの？」

「今ある家具をそのまま使うという手もあるが、きみは一新したいだろう？」

「いいえ」アレイナは首を横に振った。「今の家具はこの家に合っているし、新しい家具だとジョーイが傷つけやしないかと気を揉《も》みそうで……それに、この家を買うのには大金が必要でしょうから、家具代は節約したほうがいいんじゃないかしら」

ラファエロは彼女をじっと見た。「本気で言っているのか？」

だが、アレイナはすでにふらふらと歩きだし、長いソファの背もたれを無造作に撫《な》でながら、テラスに面したアーチ型のフレンチドアに向かっていた。

ジョーイは、薄暗い森の中でくつろぐ女性の精霊《ニンフ》たちを描いた壁の絵を熱心に見ていた。

「あの人たちは服を着ていないけど、寒くないのかな？」

「夏だから大丈夫さ」ラファエロは答えた。「イタリアの夏はいつも暑いんだ」

「じゃあ、夏は裸で過ごすの？」

「そういうわけじゃない。でも、庭にいるときは、あまり着たくないかもしれない。特に――」

彼が言い終える前に、ジョーイは興奮気味に走りだし、フレンチドアを通り過ぎた。ラファエロもあとを追う。鮮やかな花々が咲き乱れるプランターがたくさん並んだ屋根付きのテラスの向こうに、陽光を浴びてきらきら輝く水面《みなも》が見えた。

「プールだ！」ジョーイが目を輝かせて叫び、ぴょんぴょんと飛び跳ねた。

「これで決まりだな」

ラファエロがつぶやくと、アレイナは笑った。五年ぶりに聞く笑い声だ。

まだ興奮して飛び跳ねているジョーイに歩み寄る彼女の背中に向かって、ラファエロは尋ねた。

「ジョーイは泳げるのか？」

「ええ、ほんの少し。でも、まだビート板や浮き輪が必要ね。ときどき、ホテルの屋内プールを使わせてもらっていたの。あの子はプールがそれはもう大好きで……」

「よかった」ラファエロが言った。「だが、プールの周囲には柵を設けたほうがいいだろう」

「ええ、そうね」アレイナは同意し、あたりを見まわした。「本当にすてきな庭！　私たちが見たほかの家の庭もすばらしかったけれど、どれも格式張っていた。さっき言ったように、ここには家庭的な雰囲気がある。それに、プールがテラスに近いから、ジョーイを監視するのも楽だわ」そう言ったあとで彼女はわずかに眉根を寄せた。「庭師の手配はつくの？　手入れが大変よ」

「前にも言ったが、常駐のスタッフがいる。このヴィラにはスタッフ用のコテージがあるんだ」

　アレイナは彼を見つめた。「スタッフがいないほうが気楽だけれど。スタッフがいるとちょっと気まずい感じがする。ホテルみたいで。寝室はどんな感じかしら？　見てみたいわ」

「五つしかないよ」ラファエロが言った。

「充分だわ！」アレイナは驚いたように言い、二階の寝室をチェックするためにジョーイを呼び戻した。

　二階についても、一階と同じようにアレイナは好印象を抱いたように見え、ジョーイも熱心に寝室を出たり入ったりしている。

　そこで、ラファエロはアレイナに尋ねた。「決断したかい？」

　アレイナはほほ笑んだ。「ええ、お願い、ここがいいわ」

「了解」ラファエロも笑みを返して応じ、息子をつかまえた。「そろそろランチの時間だ、ジョーイ」

　ジョーイは父親を見上げた。「僕たち、ここに住むの？　プール付きのおうちに？」

「そうだ」

「やった！」ジョーイの叫び声があたりに響いた。

　息子の喜びが伝染し、ラファエロは笑った。気分が高揚し、アレイナと目を合わせる。「ほら、僕たちならうまくやれる」

しばらくの間、二人は見つめ合っていたが、ラファエロはジョーイに腕を引っ張られ、我に返った。

「ランチの時間だと言ったでしょう。僕、おなかがぺこぺこなんだ」

アレイナはジョーイの空いているほうの手を取った。「じゃあ、食べに行きましょう。階段に気をつけて！」

ラファエロはしばし彼女の後ろ姿を目で追った。なんて優雅に歩くのだろう。彼の頭の中でつかの間、カリブ海での出来事が鮮やかに再生された。五年も前のことなのに……。

二人のあとを追ってラファエロは一階に下りた。思いがけず彼の妻となった女性のあとを。

そのことについて、ラファエロは不思議な因縁以上の何かを感じていたが、頭から締め出した。何を感じていたかは問題ではない、僕はやるべきことをやり遂げたまでだ、と彼は自分に言い聞かせた。

アレイナはテーブルにつき、うれしそうに周囲を見渡した。三人は屋外の典型的なイタリアの食堂《トラットリア》に来ていた。

そこはラファエロがローマ郊外のこの田舎町で最初に選んだレストランではなかった。最初のレストランはあまりに優雅で、アレイナは一目見るなり、ジョーイには敷居が高いと悟った。それでそのことをラファエロに告げ、広場の向こう側にある、もっと素朴なレストランを指差した。色鮮やかな日よけがあり、歩道に面したテーブルは赤いチェックのテーブルクロスに覆われている。周囲には大きな鉢に植えられた真っ赤なゼラニウムが咲き誇っていた。

彼女の提案にラファエロは異議を唱えなかったが、このような安っぽいレストランが眼中になかったのは明らかだった。

ふと五年前の記憶がよみがえった。島内を観光していたとき、アレイナは提案した。活気に満ちたレゲエ音楽が聞こえてくる古びたバーからランチをテイクアウトして海辺で食べようと。そして励ますようにラファエロの腕を取りながら言った。〝さあ、楽しみましょう、地元民になりきって！〟

まばたきをすると、その記憶はどこかへ消えていった。

ウエイトレスがにこやかな笑みを浮かべてメニューを持ってきた。彼女はジョーイを見るなり流暢《りゅうちょう》なイタリア語で何か言った。

アレイナは何度か〝バンビーノ〟という単語を耳にした。イタリア人の子供好きが炸裂《さくれつ》し、ジョーイが大いに喜んでいるのがわかった。言葉を理解できなくても、彼なりに自分が褒められていることはわかるのだろう。

店主の妻だと思われる中年のウエイトレスは、アレイナにもわかるように最後に英語で言った。「パパにそっくり！」

彼女がそそくさと立ち去ったあとも、アレイナの頭の中にはその言葉が響いていた。

もしジョーイの容姿が私に似ていたら、どうなっていただろう？　ラファエロはジョーイを自分の息子だと思っただろうか？　ライアンが父親だと思いこんだのでは？

だとすれば、私は今、ここにいないだろう。

得体の知れない感情がこみ上げた。自分とジョーイのために慎重に築いてきた人生を失ったことへの後悔かしら？　それとも、ジョーイのことをラファエロに隠していたことへの後ろめたさだろうか？

ジョーイに目を向けると、ラファエロが一緒にメニューを見ながら、どんな料理があるか教えていた。息子に対するラファエロの態度や感情を読み解くのは難しいが、一つだけ明らかなことがあった。

ただ、それを言葉で表現するのは難しい。ラファエロは注意深く、忍耐強く、落ち着いている。けれど、愛情深くはないし、父性的でもない。彼にとって、ジョーイはどこにでもいる少年と同じなのかもしれない……。

アレイナの胸に痛みが走った。でも、私にそれを感じる資格はない、と彼女は思った。ジョーイの人生からラファエロを排除したのは私なのだから。彼が私とジョーイの人生に戻ってきたのは、単なる偶然だ。アレイナはぼんやりとメニューを見ながら自分に言い聞かせた。ラファエロのジョーイに対する冷静な態度は、五年前の自分の判断が正しかったことを示している、と。

ラファエロはジョーイに責任を負っていると考えている。そして、その責任を積極的に果たそうとしているだけだ。彼もまた、結局のところ、自分の人生を我が子のために変えようとしているのだ。

アレイナは、奇妙で混乱した感情が再び自分の中でもつれ合うのを感じたが、変えられないことにくよくよしても無駄だと思い、無視した。ラファエロの要請を受け入れて結婚し、ジョーイをイタリアに連れてきた以上、もはや前向きにこの新たな生活に対処するしかないのだ。

「ジョーイはスパゲッティ・ナポレターナに決めたよ」ラファエロが告げた。

「いい選択ね」アレイナはほほ笑み、手にしていたメニューを置いた。「私も同じものにするわ」

「これで僕たち三人は一緒だ」そう言ってラファエロもほほ笑んだ。

その言葉がアレイナの頭の中に響いた。

僕たち三人は一緒……。

けれど、私とジョーイとラファエロでつくる奇妙なユニットに、〝僕たち三人〟は本当に存在するのだろうか？　表向きは普通だけれど、実体は普通じやい。そうでしょう？

とはいえ、それがこれからの私たちの未来なのだ。普通の家族のように。ママ、パパ、そして子供たちでつくる家族に。

アレイナの視線は、ウエイトレスに注文を伝えようとしているラファエロに注がれた。とたんに息がつまった。

ああ、神さま、五年の歳月は彼の美貌をさらに磨いただけでした！

彫りが深く厳粛ささえ感じさせる顔だち、ときおり見せるセクシーな表情、長いまつげに囲まれた神秘的な目……。

五年前、アレイナはそれを知っていた。彼との抗《あらが》いがたい情事に身を委ねたときに。そして今、彼女はそれを身に染みて知り、どうすればいいか見当もつかなかった。

抵抗する以外には。

ラファエロは五年前、私を必要としなかった。今も同じ。彼が求めているのはジョーイなのだから。

彼女の目に影が差した。

私はいったい何を望んでいるの？

答えはすぐに出た。いつもジョーイがそばにいて、安全で、幸せでいてほしい――それこそが彼女が願ってやまないものだった。

ほかには何も望まない。

本当に？

ええ、私の望みが叶《かな》うことはないと、五年前にはっきりと思い知らされたから。

ヴィラへの引っ越しは一週間で完了する予定だった。ラファエロは即時入居を主張し、すべての法的手続きを迅速に進めた。

アレイナはその一週間を休暇としてとらえ、ジョーイを連れてローマの散策に費やした。ラファエロは毎日オフィスで過ごしていたが、毎晩アレイナと食事をしに戻ってきた。たいていはジョーイが寝入ったあとに。

彼との会話は、アレイナがその日ジョーイとしたことや、ヴィラのこと、引っ越しの段取りなど、現実的な話題に終始した。彼女はジョーイが骨董《こっとう》品《ひん》を壊したりしないよう、おもちゃはあえて寝室に置き、そこが主な遊び場になっていた。

新居に向かうとき、アレイナは大きな安《あん》堵《ど》感《かん》を覚えた。ジョーイが貴重品を壊すという恐怖から解放されただけではなく、彼女自身が抱き始めた懸念からも解放されるからだ。

アレイナはラファエロの存在に慣れつつあったが、けっして容易なことではなかった。結婚式の日に襲われた非現実感が定期的に訪れて、朝目覚めたとき、家に帰りたい、今までの自分の生活に戻りたい、と強く思うことがあった。もはや不可能だとわかっていたにもかかわらず。

今はただ、この結婚生活を続けるしかないのだ。

ラファエロのほうが私より楽だったに違いない。なぜなら、私の人生は彼以上に変わったのだから。もちろん、彼は自分が親であることを知った衝撃に対処する必要があったことは認めなければならないけれど。

彼が何を考えているのか、何を感じているのかを知るのは難しい。ラファエロは私に対しては常に礼儀正しく接し、ジョーイに対しては常に忍耐強く、気を配っていた。そして、彼の穏やかで落ち着いた態度が、私が新たな生活を送るうえで大きな助けとなったことは、認めざるをえない……。

アレイナの物思いは彼の声に断ち切られた。

「うれしいことに、このヴィラの前の住人の世話をしていた夫婦がそのまま住み続けてくれることになったんだ。彼らが期待どおりに働いてくれることを願うよ」

ヴィラに到着し、二人を出迎えたマリアとジョルジオの挨拶は、少なくともアレイナにとっては、彼らが期待どおりの人たちであることを示唆していた。中年の夫婦は、どちらもにこやかで親切そうな顔をしていた。ジョーイが車から降りるやいなや、彼らはぱっと顔を輝かせた。

ジョーイは天使のようにほほ笑み、明らかにファンを二人増やした。

ジョルジオは荷物を運び始め、マリアは昼食を用意するために慌ただしく姿を消した。

三人はテラスに面した開放的なダイニングルームで食事をした。ジョーイはマリアに世話を焼かれながらパスタをたっぷり食べた。

開け放たれたフレンチドアの向こうには、陽光を反射してきらめくプールが見える。その周囲を高さ一メートルのフェンスと鍵のかかるゲートが取り囲んでいた。

「すごい」アレイナは目を見開いた。「さっそく取りつけてくれたのね」

「重要なことは常に迅速に行うのが僕の流儀だ」ラファエロは言った。「差し迫った必要性と、それを実行する意志と手段があれば、造作もない」

アレイナは彼を見つめ、改めてラファエロ・ラニエリという億万長者と結婚したことを思い知らされた。同時に、ジョーイの安全を第一に考える彼の心配りに心を揺さぶられたが、あえて無視した。そんなものに惑わされてはならない。今はただ、自分の置かれた状況を受け入れることだけを考えなければ。

ラファエロが再び話し始めた。

「きみとジョーイが落ち着くまで、僕はかまわないでおくよ。まずは自分の足で歩いてみるんだ。僕はアパートメントに戻り、今週の後半は、数日間ジュネーブに行かなければならない。マリアとジョルジオがきみたちの面倒を見てくれる。もちろん、何かあったら電話をくれ」

アレイナはうなずいた。ラファエロがいないほうが、私もジョーイもここに早くなじめるし、私はリラックスできる。内心ほっとしたことが表情に出たのか、彼の鋭い視線が顔に突き刺さるのを感じた。胸中をいとも簡単に彼に読まれてしまう気がして、彼女はたじろいだ。

ラファエロはかすかな笑みを浮かべた。「ゆっくりしてくれ、アレイナ。そのうち楽になると約束する。僕もきみも、いずれ慣れるさ」

再びアレイナはうなずいた。「わかっているわ」ほかに何を言えばいいのだろう。一つ確かなのは、彼が言うように、慣れるしかないことだ。

アレイナは無理やり明るい表情を顔に張りつけて言葉を継いだ。「ラファエロ、このヴィラに同意してくれてありがとう。私たちにぴったりだと思う。マリアとジョルジオもね。あなたの言うとおりよ、時間がたてば慣れるわ」

言葉とは裏腹に、アレイナの視線は落ち着かなげにこれから彼女の家となるヴィラの中をさまよった。彼女の、そしてジョーイの家の中を。そしてなんとも言えない奇妙さを覚え、小さなため息をもらした。

次の瞬間、ラファエロの手がテーブルの上に置かれたアレイナの手に軽く触れ、彼女はびくっとした。けれど彼はすぐに手を離し、また話し始めた。

「アレイナ、僕もきみもするべきことをしたにすぎない」彼はジョーイのほうを顎で示した。「息子のために」

結局のところ、アレイナはいつもの結論にたどり着いた。息子のために——それ以外に何があるの？

そう思いながらも、ラファエロの感触がまだ手に残っていることに気づき、アレイナは不安に駆られた。

5

顧客との話し合いを終えてホテルに戻ると、ラファエロは部屋のドアにキーを差しこみ、安堵感《あんどかん》と共に中に入った。それからシャワーを浴び、髭《ひげ》を剃《そ》って、食事をとりに外出するつもりだった。

高額な税金に異議を唱え、ラファエロに相談を持ちかけていた顧客は、自分が望むほどに支払額が減らなかったことで、彼に不満をぶつけた。

ラファエロの口元が冷笑にゆがんだ。あの顧客は一銭も払いたくないのだから、不満を抱くのは当然だ。いくら我が社にとって有益な顧客とはいえ、さっさと手を切りたかった。上着を脱ぎ、ネクタイを外し、残りの服を脱いでバスルームに向かいながら、彼はふと思った。ローマに戻りたいと。

ジョーイに会いたかった。

息子だけでなく……アレイナにも。

シャワールームに入り、湯量を最大にしたとき、ラファエロはそのことに気づいた。ほとばしる熱い湯が肌を刺しながら力強い体の上を流れていく。その感覚は強烈だった。ああ、彼女に触れたい……。

だめだ！

ラファエロは湯の温度を下げた。冷たい水を浴びながら、湧き起こった欲望にショックを受け、その場に立ちつくす。しかし、体を洗い始めたとたん、下腹部の変化を直視せざるをえなかった。

体を洗い終えてタオルを腰に巻くと、もう一枚のタオルで髪を拭きながらシンクの前に立った。剃刀《かみそり》に手を伸ばし、おなじみの儀式を始める。ラファエロは鏡に映る自分の顔を観察した。敵対する証人と対峙《たいじ》するかのように。

自分が隠している真実を知りたくて。

ラファエロは剃刀の手を止め、自分の目をじっと見つめた。

アレイナが働いていたホテルで少年を見て大きな衝撃を受けた瞬間から、ラファエロは想像を絶する状況に適《かな》った行動をとり始めた。それ以外に許されることはなかった。彼はこれまで、容赦なく、冷酷に、自分が今いる場所にたどり着くのを邪魔するものをすべて退けて突き進んできた。

アレイナに対してもまたしかり。

ところが、図らずも息子を授かったために、彼女と結婚することになり、アレイナとジョーイは、彼が見つけたヴィラに住み始めた。母と子の新しい生活が始まったのだ。そしてラファエロの新しい人生も。

アレイナは数年前に彼が恋した女性だった。その女性がラファエロの人生に戻ってきたのだ。

僕たちは結婚した。だが、どんな結婚生活が待っているのだろう？

ああ、そうだった、僕は結婚に際して、礼儀正しく礼節を重んじると彼女に言った。そして、ジョーイが充分に成長したら、離婚して二人が別々の道を歩むこともありうるとも言った。

だが、それまでは？

ラファエロはシェービングフォームに手を伸ばし、髭剃りを再開した。手慣れた日常的な動作で。

そして答えをすでに知っている質問を投げかけた。

アレイナとどんな結婚生活を送るつもりなのか？

その答えは文字どおり、目の前の鏡に映る彼の顔に書かれていた。

僕はかつてアレイナを求めた。

カリブ海の明るい日差しのもと、銀色の砂浜で日光浴をしている美しい体を見たときから、僕は彼女を求めていた。そして、誘惑した。彼女の情熱は、僕と同じくらい強烈で、僕が触れたとたんに解き放たれた。

なぜ再びそうなってはいけないんだ？

そうする以外にどうやって結婚生活を立ち行かせることができるというんだ？

思考の歯車が回転を始め、ラファエロはそれを受け入れた。アレイナと再び情熱を交わすことを。結婚している以上、気の向くままほかの女性と体を重ねるなど考えられないし、何年もの間、禁欲を貫くのも不可能なのだから。

なのに、なぜ僕は、あるいは彼女も、セックスに関してあれこれ思い悩む必要があるのだろうか？　理由はない。結局のところ、二人の体の相性が抜群であることは五年前に証明済みなのだから。

五年の月日が流れてもなお、アレイナが息をのむほど美しいことを、ラファエロは認めていた。だが、息子を自分の人生に招き入れることに集中したいがために、その事実からあえて気をそらしてきた。しかし今、その必要があるだろうか？　結婚式が終わり、アレイナとジョーイがイタリアに来てヴィラへの引っ越しも完了した今。

アレイナについて言えば……結局のところ、彼女は五年前、二人の時間が続くことを願っていた……。

ラファエロの目が輝いた。きっと僕たちはよりを戻せる。彼女の背中を少し押してやれば。

彼女にかけた言葉がよみがえる。

〝僕たちならうまくやれる〟

目の輝きが増し、ラファエロは剃刀を脇に置いた。顔を洗ってからもう一度、鏡を見る。

大丈夫、この結婚はきっとうまくいく。いかせてみせる。息子のため、家庭生活の安定のためというだけではない。アレイナと僕自身のためにも。

ラファエロは寝室に戻り、近くのレストランで夕食をとるために服を着た。

気分は上々だった。

明日は家に――ヴィラに帰る。

ジョーイとアレイナのもとへ。

寝椅子にうつ伏せで寝ていたアレイナは気だるそうに伸びをした。夏のこの時期は暑くなりすぎることはなく、日光浴には絶好だった。

庭園のどこからか、水音が聞こえ、ときおりそこへジョーイの甲高い声とジョルジオの低い声が重なった。あたりは花の香りに満ち、木立では小鳥がさえずっている。

アレイナはうつらうつらしながら、なんて幸せなのだろう、と胸の内でつぶやいた。日光浴を満喫するなんていつ以来だろう？

彼女は記憶の糸を手繰り寄せた。カリブ海の銀色の砂浜で日光浴をしたのは何年前のこと？

考えているうちにいつしか眠りに落ちたらしく、ふいにアレイナは目を覚ました。なぜ目が覚めたのかはわからない。敷石を踏む足音のせい？

ジョルジオがジョーイを連れて戻ってくるのを期待し、アレイナは顔を上げた。その目に飛びこんできたのはラファエロだった。

彼は屋根付きのテラスの下に立ち、彼女を見ていた。ただ見ていた。

過去と現在が交錯する。あのカリブ海での午後。その偶然の出会いが今につながったのだ。

アレイナは頬が熱くなるのを感じた。それは陽光のせいではなく、彼の熱いまなざしのせいだった。とても親しげで、懐かしい。

ラファエロと過ごしたこの数週間、そんな彼のまなざしを、アレイナは何度見たことか。数えきれないほどだ。そしてそのたびに、彼女の体は熱く、脈拍は速くなり、全身に震えが走った。気が遠くなりかけ、彼女は顔を下げた。

そのとき、ラファエロが尋ねた。「ジョーイはどこだ？」

その鋭い声にアレイナはさっと顔を上げた。「ジョーイ？」ぼんやりとき返す。彼女の目はラファエロに釘《くぎ》づけだった。数日ぶりに会った彼は、長身で堂々とした体を完璧なビジネススーツに包んでいた。そして、彼女に向かって歩き始めた。グレーのネクタイのシルクとカフスをきらりと光らせて。その姿はあまりに魅力的で、彼女をとりこにした

「ジョーイはどこにいるんだ？」ラファエロは繰り返し尋ね、ゲートが固く閉ざされているプールへと視線を移した。

アレイナは身を起こし、ほどけていたビキニの紐《ひも》を慌てて結びながら口を開いた。「あの子はジョルジオと一緒よ」ラファエロの声ににじむ暗黙の非難にいらだち、言い返す。それから腰布《サロン》を手際よく胸の上で結び、立ち上がった。「日陰で植物に水やりをしているの」

ラファエロは顔をしかめた。

「ジョーイは……」彼女は穏やかな笑みを浮かべて言った。「庭の水やりが大好きなの！　それに、ジョルジオはホースを持っているから、如雨露《じょうろ》で水をまくよりずっと楽しいみたい」いとしげに笑って続ける。「植物にちゃんと水が行き渡っていることを祈るばかりよ」

ラファエロの表情が緩んだ。少なくともジョーイの安全に関しては。

彼の目がアレイナに戻り、そこには前と同じ険しい表情があった。彼女はしばらく立っていたが、サロンの薄い素材が胸の形をあらわにし、肩がむき出しになっていることを知った。首にかからないように頭の上で無造作にまとめられていた髪は今にも落ちてきそうだった。

アレイナは平静を装い、口を開いた。「ジュネー

ブはどうだった？」

「退屈でたまらなかった。帰ってこられてうれしいよ」そう言ってラファエロは周囲を見渡し、再び表情を緩めた。「きみがこのヴィラを選んだのは正解だった」

アレイナも表情を和らげた。「すてきでしょう？ ジョーイにもぴったりだし。あの子はプールが大好きだから」

ラファエロはうなずいた。「プールはかなり魅力的だからな。僕も一泳ぎしてくるよ」

彼がくるりと背を向けて立ち去ると、アレイナは寝椅子に座り直した。心臓がどきどきしている。ラファエロの突然の出現に驚いたからというだけではない。頰が熱くなるのを感じ、彼女はプールのきらめく水面《みなも》を眺めながら、落ち着こうと努めた。

だが、それは思っていた以上に難しく、アレイナはその理由を考えたくはなかった。

ラファエロは水着と白いTシャツに着替え、プール用のサンダルに足を突っこんで階段を下りた。キッチンに寄って、マリアにコーヒーと軽食をテラスに持ってくるよう頼む。それから外に出てサングラスをかけた。またアレイナに会いたくてたまらない。その理由を彼は知っていた。

落ち着かない気持ちが、ある目的意識と共にラファエロを満たした。葛藤を感じながらも、彼はすでに決断を下していた。もはや取り消すことはできないし、後悔することもない。

涼しい日陰のテラスに出ると、ラファエロの視線はまっすぐにアレイナに注がれた。彼女の上半身はパラソルの影に覆われている。蜂蜜色の脚だけが日差しに向かって伸びていた。

僕の決断は正しかった、と彼は思った。

再び本能的な体の高ぶりを感じたが、ラファエロはそれを抑えこんだ。今はそのときではない。アレイナが読んでいた雑誌から顔を上げた。彼女もサングラスをかけている。そしてビキニの紐はほどかれていた。

「あら、来たのね。こっちに出てきて、太陽の恵みを楽しんで」アレイナは朗らかに言い、別の寝椅子を指差した。

その寝椅子をラファエロはパラソルがつくる日陰に寄せた。

「まさに至福の時ね！」彼女はいささか大げさな口調で言った。

「確かに、ジュネーブとは大違いだ。向こうは雨が降っていたからね」彼はかすれた声で答えた。「マリアにコーヒーを頼んできたよ。ジョーイにも何か飲み物をね」

「ありがとう。気が利くのね！」アレイナはほほ笑みながら応じ、雑誌をぱらぱらとめくった。

ラファエロはそれを指差しながらきいた。「ヴィラについて何かいいアイデアはあるかい？　家具や模様替えは好きにやってくれ。ここはきみの家なんだから」

「今のままでもすてきよ。ただ、クッションとか置物とか、そういうものは新しくするかもしれない。それとプールで遊ぶおもちゃも」

「明日にでも持ってこさせよう」ラファエロは気さくに言った。「ジョーイに選ばせるといい」

「いい考えね」アレイナが笑った。

マリアがコーヒー、ジュース、氷水、さらに魅力的なビスコッティをトレイにのせて家から出てきた。ラファエロは、アレイナが嬉々《きき》として二人分のコーヒーをつぐのを見ていた。彼は差し出されたカップを受け取った。その際、指が触れ合った。

胸の高鳴りを抑えてラファエロは腰を下ろし、さっそくコーヒーをすすった。彼はゆっくりとこの時間を過ごすつもりだった。慌てずに、じっくりと味わいながら。そう、五年前と同じように。

想像するだけで、背筋がぞくぞくした。

ラファエロはまたコーヒーを一口飲み、肩の力を抜いた。この数週間いろいろなことがあったが、すべて片がつき、やっとくつろぎの時間が訪れたのだ。

一瞬、彼の目がきらめいた。アレイナの横顔は実に美しい。頬の繊細なライン、顎のまわりに巻きついた髪、柔らかくてセクシーな口元……。そのすべてが、五年前と同じくラファエロを魅了した。

アレイナは雑誌を必要以上に強く握りしめていた。隣の寝椅子に座るラファエロのことが気になってしかたがない。彼の筋肉質の長い脚が、白いTシャツに覆われたたくましい胸が。けれど、何よりも厄介なのは、今すぐに彼に抱かれたいという衝動だった。記憶が彼女の頭の中いっぱいに広がっていた。カリブの海辺で日光浴をしたあと、ターコイズブルーの海で体を冷やした。そして冷房の効いたホテルの部屋に入るなり、ラファエロは彼女を抱き上げてベッドに横たえ、ビキニを剥ぎ取った。

その記憶を頭から締め出そうとしたが、思うに任せない。アレイナは頬が赤らむのを感じ、ラファエロが見ていないよう願った。

にわかにアレイナは危険を感じた。ラファエロが彼女の人生に再び現れてからの数週間、彼女は最善を尽くしてきた。彼が与えてくれたものがなんであれ、それを思い出さないように。そして、それが彼女にとって致命的なものであることを考えないように。そして、やっとの思いで彼の要求を受け入れたのだ。結婚してイタリアへ移住し、彼女とジョーイとラファエロの三人で暮らすこと。

今、それらは成し遂げられた。アレイナはここにいる。彼と結婚し、新しい家に住んでいる。

これからいったいどうなるの？　とりわけラファエロと私の関係は？

その疑問は漠然としていたが、アレイナはそれを明確にしたくなかった。怖かったから……。

「ママ！」

ジョーイの呼び声と足音が、アレイナの抱きたくなかった考えや、答えを聞きたくなかった問いを遠ざけてくれた。駆け寄ってきた息子のTシャツは案の定、ずぶ濡《ぬ》れだった。

「ジョルジオが僕に水まきをやらせてくれたんだ！　僕にホースを持たせて！　それで濡れちゃった」

「そうだったのね、マンチカン」

「本当だ。びしょ濡れだ」ラファエロが口を挟んで笑った。

父親がいることに気づいたジョーイは、寝椅子のまわりを走ってラファエロのところに行き、腕を引っ張った。「泳ごうよ！　ねえ、泳ごう！」少年は興奮気味に懇願した。

ラファエロは立ち上がった。「浮き輪が必要だな」息子に言う。

アレイナはジョーイに薄めたジュースを飲ませた。それからビスコッティを頬張っている間に濡れたTシャツとショートパンツを脱がせ、水着をはかせた。

準備ができると、ラファエロは息子の手を取り、プールのゲートまで歩き、鍵を開けた。

「飛びこむよ！」ジョーイは興奮して叫び、宣言どおりに飛びこんだ。

腕に浮き輪をつけて小さな手足をばたばたさせている息子を見守りながら、ラファエロがゆっくりと水に入っていく。その光景に、アレイナは胸がいっぱいになった。

父と息子……。

ラファエロはどんな父親になるのだろう？　彼は父親としての責任について語り、これまでジョーイに忍耐強く接してきた。

　でも、責任以外に何があるのだろう？　絆《きずな》は感じているのだろうか？

　でも、血のつながりがあるからといって、常に絆が結ばれるとは限らない。そうでしょう？

　アレイナは身震いした。もし私が男の子だったら、父はもっと私に注目していたかもしれない。あるいは、私が十代になったとき、父と同じような興味を抱いていたかもしれない。けれど、そんなことはなかった。母はいつも、母自身の苦い経験を踏まえ、警告していた。あなたの愛に応えてくれない男性にはけっして心を捧《ささ》げてはいけないと。

　今こそ母の警告に耳を傾けなければ。アレイナは心ひそかに自らを戒めた。

6

「マリア、ありがとう。どれもこれもすばらしい」

　ラファエロは家政婦に向かって感謝の笑みを浮かべた。すると、家政婦はにっこり笑い、いそいそと出ていった。

　ラファエロは自ら選んだワインのボトルに手を伸ばした。贔屓《ひいき》にしているワイン商から調達したもので、向かいに座るアレイナと自分のために丁寧についだ。

　ベッドで寝ているジョーイの様子を見に行っていた彼女が下りてくるやいなや、ラファエロの目はすぐさま彼女に引きつけられた。もちろんフォーマルな服装ではないが、このヴィラではそんなものは必要なかった。今夜のアレイナは温かみのある琥珀色《こはくいろ》のふくらはぎ丈のシフトドレスを着て、軽やかなレースのカーディガンを羽織っている。髪はさりげなく結い上げ、彼女に似合っていた。化粧はしていない。彼女の目は大きく、まつげも長く、化粧で強調する必要はさらさらなかった。壁の控えめな明かりの中で、彼女は限りなく美しく見えた。

ラファエロはワイングラスを掲げた。「ここでの最初の週末に乾杯」

彼は一口飲んでからグラスをテーブルに戻したあと、ずらりと並んだ皿の蓋を持ち上げた。マリアは、濃厚なビーフ・ラグー、グリルしたポレンタのスライス、蒸し野菜の盛り合わせを用意していた。

ラファエロはアレイナにたっぷりと取り分け、自分の皿にも盛った。「マリアが厨房《ちゅうぼう》を仕切れば、飢えることはないな」

アレイナは小さく笑った。「確かに。マリアはジョーイにパスタやペストリーをよく食べさせているわ。サラダやフルーツもね。そのおかげで、あの子はイタリア料理に夢中よ」

ビーフ・ラグーを食べ始めたラファエロが目を輝かせた。「なんといっても、彼はイタリア人とのハーフだからね」

「そうね、ジョーイはうまく適応しているみたい」

「きみは？」

テーブル越しに二人の目が合った。「適応できるようベストを尽くしているところよ」

「アレイナ、きみがしてくれたことには感謝している」

彼女は目を伏せ、わずかに肩をすくめた。

ラファエロは軽い口調で続けた。「今週はどんなふうに過ごしたんだ？」

アレイナは同じように軽い調子で答えた。「荷ほどきをして、ジョーイの寝室を決めたの。そこは彼のプレイルームも兼ねているから、おもちゃがちらからないように気をつけなくちゃ！　それから、ジョーイはプールでいっぱい遊んだわ。あとは、ジョルジオが親切にも近くの町まで車で連れていってくれたから、必要なものを買ったり、街を散策したり……」

　すかさずラファエロは言った。「きみとジョーイにぴったりの車を用意しなければならないな」

「ええ、お願い」アレイナはうなずいた。「いつまでもジョルジオやあなたに頼りたくないもの。でも何回かレッスンを受けて、道路の反対側を走る方法を学んだほうがいいかもしれないわね」

　彼女はユーモアたっぷりにつけ加えたあと、ワインをもう一口飲んだ。

「ジョーイの託児所を探したほうがいいんじゃないかしら？　もちろん、フルタイムの託児所ではないけれど、週に二、三回、午前中に預けるの。社会性を身につけさせたり、イタリア語を学ばせたりするいい機会になるんじゃないかしら。今はマリアとジョルジオにイタリア語を教えてもらっているけれど、できるだけ早く、できるだけ流暢《りゅうちょう》に話せるようになるのがいちばんだと思う」

「賛成だ」同意してからラファエロは彼女を見つめた。「きみはどうする？　イタリア人の家庭教師が欲しいか？」

　アレイナは目を見開いた。「ちょっと大げさじゃない？　私、イギリスからイタリア語の文法書を何冊か持ってきたわ。イタリア行きが決まったときに買ったの」彼女は言った。「それに、インターネットも、イタリア語のポッドキャストだってたくさんあるし」

「まあ、マンツーマンの授業が必要だと思ったら、そう言ってくれ」ラファエロはなめらかな声でつけ加え、彼女をじっと見つめた。

彼が何を考えているか気づいたのだろう、アレイナは少し顔を赤らめた。ラファエロは自分が彼女に与える影響を好ましく思い、さらに気持ちが穏やかになった。

「覚えていたようだな」彼は感慨深そうに言った。「僕たちが知り合ったばかりの頃、きみは専門的な知識を身につけるのに長《た》けていた」

アレイナはますます顔を赤らめた。その理由をラファエロは知っていた。

愛の営みのあと、アレイナはラファエロの腕の中で、彼の唇がたどった場所の一つ一つをイタリア語でなんと言うか尋ねていた。それを思い出していたに違いない。

その記憶から逃れるように、アレイナはマリアの料理を食べるのに夢中になっていた。その姿を見て、ラファエロはこれ以上追いつめるのはあまりに無礼だと悟った。

ラファエロはワインをもう一口飲んで、ぼそぼそと感想をつぶやいた。すると、話題が変わってほっとしたのか、彼女の上気した顔がしだいに落ち着き、目に見えてリラックスしていった。

「私はワインのことは何も知らないけれど」アレイナは軽い調子で言った。「これはとてもおいしい」

「ありがとう」彼は愉快そうにつぶやいた。「ここにワインセラーをつくるのが楽しみだ。キッチンを調べて、どこに設置するか決めなければ」

「地中に穴を掘る必要はないの？」アレイナは驚き顔で尋ねた。

「最近の空調キャビネットは優れているから、そこまでする必要はない。温度や湿度を細かく調整する技術には感嘆するばかりだ」

「今から楽しみね」アレイナの声はかすれていたが、口調にはおもしろがるような響きがあった。

「英語ではなんと言うのかな？〝男の子のおもち

や“とか?」

アレイナは笑った。「そのとおりよ」

この気さくさの中にも親密さが感じられる雰囲気を、ラファエロは喜んだ。さらに気分がよくなるのを感じ、ワイングラスに再び手を伸ばした。

すべて順調だ……。

アレイナは小さなため息をつき、空っぽになったデザートの皿を押しやった。マリアがつくったセミフレッド・チーズに、アレイナは抵抗できなかった。椅子の背にもたれると、自分が驚くほどリラックスしているのがわかった。

食事中、気まずい瞬間が何度かあったが、いつしか当たり障りのない会話を楽しんでいた。それでも、不安に駆られたときがあった。それはジョーイがイタリア人とのハーフであることをラファエロが指摘したときではない。過去の一場面を彼が思い出させたときだ。

五年前、ラファエロの腕の中で、今キスしている場所をイタリア語でなんと言うのか尋ねたときのこと……。

アレイナは急いで意識を現在に戻したが、すべての記憶を消し去るには充分でなかった。

今、テラスに面したフレンチドアのそばで、穏やかで温かな夜気に包まれて蝉《せみ》の声を聞き、庭の花々が放つ香りを嗅いでいると、彼女の意識はラファエロとの親密な時間へと飛んでいった。

彼はアレイナを魅惑的なレストランのディナーに連れていき、月夜の海辺を見下ろすテラスで食事をした。波のざわめき、心地よい南国の夜気、グラスホルダーの中で光るキャンドル。そして、ワインをついでくれた彼の優しいまなざし。

ラファエロの手がテーブル越しに私の手にとらえ、長く繊細な指で私の手首をそっと撫《な》でた……。

アレイナは頭を少し振って危険な記憶を払いのけ、彼に言った。「ジョーイの様子を見てくるわ」

「その必要はない」彼は即座に言った。「モニターを設置したから、ジョーイが目覚めたらわかる」

ラファエロが立ち上がり、マリアがコーヒーのトレイを置いたサイドボードに近づいた。

「テラスでコーヒーを飲もう。月が出ている」

彼はトレイを手に取り、フレンチドアのほうを顎で示した。それからテラスに出て、コーヒーのトレイを籐《とう》の長椅子の前にあるローテーブルに置いた。

二人はそこに並んで座った。

アレイナはコーヒーのカップを手に取りながらも、すぐそばにいる彼の存在を意識していた――過剰なほどに。アフターシェーブローションのなじみ深い香りや、かつて何度も重ねた体のぬくもりを。

銀色の月、虹色に輝くプールの水面《みなも》、蝉の大合唱、二人を包みこむ温かな夜気――すべてがアレイナの中にある記憶を呼び覚ました。禁断の記憶を。

アレイナとラファエロはファルコーネ・ホテルの彼の部屋のバルコニーに座っていた。カリブ海の上には月が浮かび、ベルベットのような夜空に向かって雨蛙《あまがえる》が盛んに鳴いている。ラファエロはゆったりと彼女の手を取って立ち上がらせると、冷房の効いた涼しい室内に連れていった。そして二人は情熱をぶつけ合い、東の空が白み始める頃にようやく眠りに就いたのだった。

アレイナは首を振り、目閉じて、甘美な記憶を頭から締め出そうと試みた。なのに……首筋にラファエロの指の感触を覚え、身を震わせた。指はほんのわずか動いて彼女の髪をもてあそび始めた。

「アレイナ……」

セクシーな呼びかけを聞きながら、アレイナは自分の手からコーヒーカップが離れていくのを感じた。続いて、ラファエロのもう一方の手が彼女の顎と頬を撫でると、アレイナは目を見開き、身震いした。

こんなことがあってはならない――絶対に。

しかし、ラファエロはアレイナに身を寄せ、彼女を惑わせるかのようにセクシーな唇を彼女の口へと近づけた。

ああ、だめ、もう防ぎようがない……。

「アレイナ……」彼がもう一度ささやく。情感を込め、低い声で。

それでも彼女の理性は、抵抗しなければだめよと告げていた。

でも、どうやって？　ラファエロが私から引き出そうとしているものにどう抗《あらが》えばいいの？　ゆっくりと、優しく、私の唇の上を動く彼の口を止めるには？　私のうなじへの愛撫《あいぶ》を止めるには？

アレイナは再び目を閉じ、口元、うなじ、耳たぶへの愛撫がもたらす感覚に身を委ねるしかなかった。

彼のキスは深まり、胸にあてがわれた手が貪欲に動き始める。

次の瞬間、アレイナは身を引いて叫んだ。

「ラファエロ、だめよ！」

だが、彼はアレイナの拒絶にいささかも動じなかった。身を起こして椅子の背にもたれ、一方の腕を籐の長椅子の背もたれに沿って伸ばして、アレイナを見上げた。「なぜだ？」

「だって……」

全身がこわばり、心臓はどきどきしている。アレイナはアドレナリンが噴き出ているのを感じた。彼のキスのせいなのか、それに対する恐怖心からなのか、あるいはその両方からなのか、彼女にはわからなかった。

「だって？」ラファエロが眉を上げ、先を促した。

「だって、過去には戻りたくないから」

ラファエロはおなじみのほほ笑みを浮かべ、彼女の弁明を難なく打ち砕いた。「だが、これは過去じゃないんだ、アレイナ。これは現在であって、僕たちは、かつて僕たちを結びつけていたものが今よみがえりつつあることを、正直に認めるべきだ」

彼は立ち上がってアレイナのほうに歩み寄りながら、指で彼女の頬を軽くなぞった。

「きみは前よりもずっと美しくなった」その声は低くハスキーで、アレイナの胸を揺さぶった。まぶたを半ば閉じた暗い目で彼女を見つめる。「僕たちはもう一度お互いを甘やかすべきだとは思わないか？そうすれば必ず、僕もきみも多くの喜びを得られる。約束するよ」

アレイナはなすすべもなく彼を見上げ、その暗いまなざし、低くハスキーな声に心を奪われた。自身の弱さを感じながらも、欲望がこみ上げ、無意識のうちにたくましい胸に手を添える。そして伸び上がって彼の口にキスをすると同時に、力強い腕の中に倒れこんだ。

以前のように。そしてベッドに？

そのとき突然、アレイナは我に返り、ぎくりとして彼から離れた。

「ジョーイの様子を見てこなければ！」そう言うなり、アレイナは彼に背を向けて走りだした。

ラファエロは呆然《ぼうぜん》と彼女の後ろ姿を見送った。それからダイニングルームに戻り、まっすぐサイドボードに向かった。アレイナが足早に階段を上がる音を聞きながら、ワイン商が届けてくれた上質のシングルモルトをグラスにつぐ。彼女が逃げだした理由はわかっていた。

彼は口元に笑みを浮かべてテラスに戻り、籐の長椅子に腰を下ろした。脚をゆったりと組み、極上のウイスキーを味わう。

アレイナを急《せ》かすつもりはなかった。ラファエロが言ったことを彼女が受け入れるのに必要な時間を与えるつもりでいた。二人の間に流れているものを否定する理由はまったくない。

五年前、ラファエロには戻るべき人生があった。快適で慣れ親しんだ独身生活が。しかし、それはもはや存在しない。だとしたら、この結婚生活を最大限に活用しない手はない。二人ともそれを望んでいるのは明らかなのだから。

五年前、二人の間にあったものは依然としてそこにあり、触れるだけで、愛撫だけで、キスだけで、呼び覚まされるのだ。

ラファエロは長椅子の背にもたれ、ウイスキーをもう一度口に含み、熟成された上質の液体が喉を焼くのを楽しんだ。そして、もう少しで味わえたはずの今結婚している女性のことを思った。

そのつもりはなかったが、結婚したからには、それなりの余得がもたらされてしかるべきだ。

月明かりに照らされた彼の黒い目は期待に満ちていた。

アレイナは眠っているジョーイに寄り添うようにしてベッドに座っていた。手は祝福するかのように、息子の頭に軽く置かれている。アレイナの全身から愛情があふれ出た。ジョーイは彼女のすべてだった。この貴重ですばらしい授かり物のためなら、彼女はなんでもするだろう。

実際、アレイナはそうしてきた。自分の人生を根底からひっくり返し、新しい国へと引っ越した。ラファエロに言われるがまま。

ラファエロ……。ジョーイを守るために私が結婚した男性。

アレイナは眉根を寄せ、息子の頭から手を離した。

息子のためならなんでもできるというのは本当かしら？ 今ラファエロが私に求めていることに、私は応えられるだろうか？

アレイナは立ち上がり、あたりをぼんやりと見渡した。開いた水門から流れ出る水のように、感情の波が押し寄せる。水門は五年間も閉ざされたままだったのに。

　常夜灯だけの薄暗い寝室は静まり返っているせいで、聞こえるのはジョーイの寝息とアレイナの鼓動だけだった。その不確かで悩ましい鼓動に耳を傾けながら、彼女はしばらくそこに立っていた。胸の内に答えの出ない問いを抱えながら。

　そして、突然の衝動に駆られたかのように、アレイナは身をかがめてジョーイにキスをして、それから部屋を出た。

7

ラファエロは寝室の姿見の前に立ち、黒い蝶《ちょう》ネクタイを手際よく締めた。アレイナは昼過ぎにこのアパートメントに到着した。ジョーイはヴィラに残り、マリアとジョルジオに面倒を見てもらっていた。

　今夜、彼は初めてアレイナを連れて外出する。彼女は最初はいやがっていたが、彼は次のように言いくるめた。〝アレイナ、僕はきみをずっとヴィラに閉じこめておくつもりはない。僕はそれなりに社交の場に顔を出さなければならないし、きみは僕のそばにいるのがふさわしい。それに……〟彼は目を伏せて続けた。〝僕はきみを見せびらかしたいんだ〟

　そんなふうにラファエロが軽口をたたいたのは、

二週間前の夜、夕食後にテラスでキスをして以来だった。ラファエロは、アレイナに彼を受け入れる準備ができるまで辛抱強く待とうと決めていた。

テラスからアレイナが逃げだした翌日、ラファエロはそれについて何も言及しないよう努めた。ジョーイとプールのおもちゃを買いに行き、以前にも寄った食堂《トラットリア》で昼食をとった。そしてヴィラに戻ると、ジョーイはさっそくすべてのおもちゃを試した。

その日の夜は暖かく、ラファエロがバーベキューを提案すると、ジョーイは大喜びした。そして、焼きバナナにアイスクリームというデザートを食べ終えるなり、すぐに寝入ってしまった。ラファエロは息子を二階まで運んだが、それがどれほど気持ちのいいことか初めて知った。

一階に戻ったラファエロは、シチリア島を舞台にしたテレビドラマをアレイナと一緒に見た。前の晩に何があったのかは何も言わず、気楽で楽しい夜を過ごした。

日曜日の午前中、ジョーイとラファエロはまたプールでほとんどの時間を過ごした。屋外でのんびりとサラダランチをとったあと、ラファエロはローマに戻り、次の週の仕事に備えた。

次の週末も似たようなパターンだったが、彼はアレイナとジョーイをラツィオにある湖畔のリゾートに連れていった。

ボート遊びでジョーイを喜ばせたあと、近くの触れ合い動物園を訪れて息子をさらに喜ばせた。

しかし、そんな子供中心の週末を二回続けて過ごしたラファエロは、もっと洗練された大人の時間を持ちたくなり、今日アレイナをアパートメントに呼んだのだ。

蝶ネクタイを結び終えたとき、彼の目は期待に輝いていた。今夜はアレイナを独り占めできる……。

その日の午後、彼女がアパートメントに到着すると、ラファエロは彼女を連れ出し、高級ブティックが立ち並ぶコンドッティ通りへと向かった。〝今夜はガウンが必要だ。かなりフォーマルな集まりだから〟と言って。アレイナが自ら選んだガウンを身にまとった姿を見るのが待ち遠しくてたまらなかった。

ラファエロはアンティークのトールボーイ型スピーカーの上に置いてあったスリムな黒いケースを手に取り、ジャケットのポケットにしのばせた。それから部屋を出て、居間に向かった。

すでにアレイナは待っていた。

ラファエロは息をのみ、思わず足を止めた。

これほど美しい彼女を見るのは、五年前のカリブ海のとき以来だ。いや、そのときよりも美しい。

フルレングスのガウンは繊細で淡いブルーのシルクで、胸を包みこみ、足首まで優雅なひだを描いている。肩は、銀糸がさりげなく織りこまれたベール状のストールに覆われているだけで、なんともセクシーだ。きゅっと締まった腰には細い銀のベルトが巻かれている。髪は高い位置で結われ、そこから幾筋かの髪が垂れて顔を縁取っていた。

そしてその顔は……。

パステルカラーの口紅が塗られた唇、自然な感じで浮き立って見える頬骨、きらきらした目とそれを縁取る長いまつげ……。

あまりの美しさにラファエロは感銘を受け、感謝の念さえ湧き起こった。片時もアレイナから目を離せない。頬骨がわずかに赤らむのを見て、彼は喜んだ。それこそ彼が見たかったものだった。彼がどれほどアレイナのことを美しいと思っているか、彼女に知ってほしかったからだ。

ラファエロはその気持ちを言葉にした。「息をのむような美しさだ、アレイナ」おのずと口元がほころぶ。「きみに必要なのは、あと一つだけだ」

彼はポケットからケースを取り出し、サテンの蓋を開けた。そこには川が流れていた――ダイヤモンドの。ラファエロがネックレスを取り出し、彼女の首にかけようと近づくと、今度は彼女が息をのむ番だった。

「ラファエロ、これって……まさか……」

彼はアレイナの後ろにまわりこんでネックレスを留め、正面から見るためにそっと彼女を振り向かせた。「すばらしい。きみにぴったりだ」

彼は目を見開いてしばらく眺め入り、感嘆のため息をもらした。カリブ海で着ていた朱色や黄色、青といった派手な色の服も似合うが、フォーマルな衣装に身を包んだアレイナは、また格別だった。

「さて、そろそろ行こうか」

外に出ると、ラファエロの車が待機していた。彼は運転手を制止して、アレイナのために自ら後部ドアを開けた。

彼女はゆったりとした革張りのシートに腰を下ろし、シートベルトを締めながら言った。まるでラファエロの賛辞を聞いていなかったかのように。「今晩の集まりについて詳しく教えて」

ラファエロもシートベルトを締めた。「僕が所属している法律協会の集まりで、毎年恒例の行事なんだ。英語で言うなら、〝ディナーダンス〟といったところかな。知り合いが大勢来るし、人脈づくりには絶好の場だ」

車が発進すると、彼は言葉を継いだ。

「僕の人生の一部なんだ、アレイナ。そういうものとして今夜の集まりを受け入れてほしい」

彼女はかすかに笑みを浮かべただけで、何も言わなかった。

彼から顔をそむけて車窓を流れるローマの街並みに見入るアレイナの横顔は実に美しく、ラファエロは再び息をのんだ。どんな夜になるかはわからないが、少なくともダンスが待っていることは確かだった。それが彼が楽しみにしていることの始まりにすぎないことも。

　アレイナは慎重に車から降り、ラファエロに寄り添って、〈ヴィスカリ・ローマ〉のロビーに入った。彼女は、ハイヒールと恐ろしいほど高価なガウン、そしてネックレスを強く意識していた。それらにも増して痛いほどに意識しているのは、すぐそばにいる男性だった。

　周囲に目をやると、心拍数が上がったのがわかった。これから始まるイベントを思ってのことではなく、ラファエロと一緒に過ごす時間を思ってのことだった。

　何よりもそれが問題だった。

　ヴィラのテラスで彼にキスをされ、彼から、自分自身から逃げだしたあの夜以来、ラファエロは彼女のことを放っておいてくれた。代わりに、彼の関心はジョーイに向けられた。

　でも、今夜は……。

　アレイナはいわば見せ物だった。彼女はそれを知っていた。シニョーラ・ラニエリとして、著名な弁護士の妻として、ローマの上流社会の一員として、彼女はこの場にいるのだ。

　少なくとも彼女は、見るからに高価なガウンと、その値段を考えると恐ろしくなるダイヤモンドのネックレスを身につけているせいで、それらしく見えた。

　ラファエロは彼女を大階段へといざない、ホテルの宴会場がある階まで導いた。カリブのファルコーネ・ホテルと同じく、〈ヴィスカリ・ローマ〉も、アレイナがイギリスで働いていたホテル・チェーンよりはるかに格上だった。

　しかし、彼女は臆したりしなかった。シニョーラ・ラニエリになるためにここに来たのだから。

アレイナは顎をぐいと上げ、ハイヒールも器用に履きこなして滑るように進んだ。

バーのエリアでは客たちが歓談していて、ラファエロは彼女をそちらへ押し出すようにした。アレイナは笑みを浮かべたものの、好奇のまなざしを向けられていることに気づいた。

会話のほとんどはイタリア語で、アレイナに求められたのは、ほほ笑みながらシャンパンのグラスに少し口をつけることだけだった。やがて二人並んでテーブルにつくと、アレイナはようやくリラックスし始めた。ほかに三組のカップルが同席していたが、彼らは皆、お互いをよく知っていて、和気あいあいとした雰囲気だった。

夕食が始まると、テーブルを囲む客たちの間で交わされる会話はイタリア語から英語へと切り替わり、アレイナはますます緊張がほぐれていくのを感じた。ときおり法律の話になっても、難解なものではなく、充分に理解できた。アレイナはいくつかの質問を投げかけられた。イギリスのどのあたりから来たのか、イタリアでの暮らしはどうか、などと。こちらの住まいに関しては、ラファエロが〝郊外にヴィラを買った〟と答えてくれた。

ラファエロはさらに続けた。「うちの子には、今のヴィラが合っているんだ」

英語だったので、アレイナは、ラファエロが彼女に聞かせるつもりで言ったのだと気づいた。彼はアレイナにもそうあってほしいと望んでいるに違いない。

「息子はヴィラのプールが大好きなんです」アレイナはそう言ってほほ笑んだ。ありがたいことに、誰もそれ以上は詮索しなかった。予期せぬ存在――ジョーイのことを暗黙のうちに受け入れたらしい。

「お子さんは何歳？」女性の一人がきいた。

「四歳でいたずら盛りだから、手がかかって」アレイナはまたほほ笑んだ。

「あら、うちの子は五歳よ。これからもっと手がかかるから、覚悟しておいたほうがいいわよ」女性は笑った。

「彼らが十代になるまで待つしかないね」男性の一人がユーモアたっぷりに口を挟んだ。

　話題が子供たちのことになり、アレイナはますますくつろぐことができた。私とジョーイの存在が公表され、受け入れられた。もっとも、なぜ突然ラファエロ・ラニエリが新しい妻と四歳の息子を連れて現れたのかは、のちのちさまざまな憶測を呼ぶに違いないけれど。

　五歳の子供がいると言っていた女性が、アレイナのほうに身を乗り出した。「私たち……英語ではなんて言うのかしら……デート？　まあ、なんでもいいけれど、今度一緒に遊びましょうか？」

「ええ、すてきね。ありがとう」アレイナは純粋な気持ちで応じた。女性の気さくな雰囲気に引かれたからだ。彼女の夫も気さくな人で、ラファエロと話している最中だった。

　長い夕食が終わる頃には、アレイナはすっかりくつろいでいた。リキュールやコーヒー、プティフールがふるまわれ、司会者がスピーチをするメンバーを発表し、拍手が巻き起こる。イタリア語のスピーチを聞く気はなく、アレイナはオレンジの香りのするリキュールとこくのあるコーヒーを飲みながらくつろいでいた。

　ラファエロが彼女のほうに身を寄せた。「スピーチはあまり長くは続かないよ。そのあとでダンスが始まる」彼女の目を見て続ける。「きみはよくやっているよ。ありがとう」

　アレイナは笑みを浮かべてグラスを持ち上げ、かぐわしいリキュールを一口飲んだ。ラファエロの息が彼女の喉を温め、アフターシェーブローションの香りが鼻をくすぐる。体がほてり始めたのは、アルコールのせいだけではなかった。

　スピーチが始まると、ラファエロは腰を下ろして耳を傾けた。彼の横顔を見ているうちに、アレイナはまた何か熱いものが体の奥に生じるのを感じた。彼に抱かれたいという衝動がまたもこみ上げたが、ぐっと抑えこんだ。

　アレイナは組んだ両手に顎をのせ、ひたすら彼を見つめていた。ラファエロのほうは、そんな彼女を見て、ときに笑い、ときにほほ笑み、ときにはテーブル越しに身を乗り出してさりげなくキスをした。そのキスは、このあとのすばらしい夜を約束しているような気がしてならなかった。

　憧れのため息がアレイナの口からもれた。南の島で、どれだけ彼を求め、欲し、憧れていたか。どれだけ勤務が終わって外に出られるのを待ちわびていたか。上司に掛け合って臨時の休みをもらい、彼と一緒に出かけたことさえある。

　あの頃、私は至福の時を過ごしていた……。

　蜜月が終わり、彼の人生から締め出されるまでは。

　ラファエロは彼女に、意図的に残酷な仕打ちはしなかったが、二人の関係は最高の喜びに満ちた人生の幕間《まくあい》にすぎないと告げた。

　〝きみにはきみの人生があり、僕には僕の人生がある〟彼はかすかな笑みを浮かべて言った。

　アレイナは、自分からラファエロの心が離れていくのを感じ、つらいけれど、別れを受け入れなければならないと悟った。

　そして、私はそうした。彼が島を飛び立ったあと、私は断崖絶壁の淵《ふち》から引き返したのだ、と毎晩のように自分に言い聞かせて。母と違って、私は間に合ったのだ、と。

　ふいに拍手喝采が湧き起こり、アレイナは我に返った。スピーチが終わり、人々が歓談を再開して、会場はリラックスムードに包まれている。いちばん奥にダンスフロアがあり、バンドが一九〇〇年代前半の懐かしい曲を奏で始めた。

「踊ろうか？」ラファエロが笑顔で誘った。

テーブルのほかの人たちが立ち上がるのを見て、アレイナも彼らに倣うしかなかった。さもないとラファエロと二人きりになってしまう。それに、彼女はシニョーラ・ラニエリとしての役割を果たすためにここにいるのだ。

ラファエロが彼女の手を取って立ち上がり、テーブルの間を縫ってダンスフロアへといざなった。そして、彼女を腕に抱いた。

ラファエロは、彼女の体が震えているのを感じた。細かい振動が伝わってくる。それはまさに彼が望んでいた反応だった。しかし、彼はアレイナを引き寄せたりはせず、軽く抱きしめたまま彼の感触に慣れるのを待った。

彼女の頬はうっすらと色づき、手はわずかにラファエロの肩に触れている。彼はシルクのスカートの揺れを意識しながら、香水の香りを嗅いだ。

話しかけはしなかった。ただ一緒に体を動かす感覚に慣れてほしいと思った。やがて音楽がやみ、ほかのカップルたちと同じように動きを止めると、ラファエロは彼女を見下ろしてほほ笑んだ。

「そんなに悪くはなかっただろう？」

「私、もう長いこと踊っていなかったの」アレイナはそう言って彼の肩から手を離した。

二人がテーブルに戻ると、そこへもう一組、ジーナとピエトロ・フラテッリのカップルが加わった。

ラファエロはフラテッリ夫妻に好意を抱いていた。だから、アレイナがジーナと親交を深め、ジョーイが夫妻の子供と仲よくなるのは好ましいと思った。

ラファエロが政府部門の上級弁護士を務めるピエ

トロと話す間、アレイナとジーナは子供の話に夢中になっていた。しばらくして、別のカップルがテーブルに戻ってくると、男性がアレイナにダンスを申しこんだ。ラファエロはすかさずその男性の妻に申しこみ、四人でダンスフロアに向かった。

ラファエロはすぐにまたアレイナと踊る機会を得たが、今度は彼女もリラックスしていて、彼との接触を受け入れているように感じた。けれど、そのことにはあえて触れなかった。

夜が更けて人々が帰り始めると、ラファエロとアレイナもその流れに乗った。

車が走りだしたとき、ラファエロは彼女のほうに顔を向けた。「試練を乗りきったようだね」彼はからかうように笑顔で言った。

「ええ、楽しかったわ」アレイナはにこやかに応じた。「ジーナに会えてよかった。彼女の坊やはジョーイのいい遊び相手になりそうだから、電話番号を交換したの。彼女の家はヴィラからそんなに離れていないそうだし」

「ああ、そんなに遠くない。それに、フラテッリ夫妻は楽しいカップルだ」

車がアパートメントに着くと、ラファエロは先に降りてアレイナが降りるのに手を貸した。ほっそりした手はわずかに震えていて、彼女がまた意識過剰に陥っていることがわかった。

家の中に入るなり、ラファエロは彼女に向き直った。「今夜の締めくくりにナイトキャップはどうかな？」さりげなく尋ねる。無理強いするつもりはなかった。

アレイナはためらっているように見えた。そして首を横に振った。「長い夜だったから、ベッドに直行するわ。今夜はありがとう、ラファエロ。思っていたより楽しい時間を過ごせたわ」

彼は低い声で笑った。「そうだね。これから少しずつ、ゆっくりと進めていこう」

　スカートのドレープを優雅に翻しながら、アレイナは彼女の寝室に向かった。その後ろ姿を見ながら、ラファエロは後悔の念に襲われた。もっと強く誘うべきだったのだろうか？　いや、多少予定がずれこんでも、なんの支障もないはずだ。そう思い、彼は気を取り直した。

　アレイナの寝室のドアが閉まる直前、ラファエロは彼女が〝おやすみなさい〟とつぶやくのを聞いた。それから隣の自室に入った。二人の寝室は中でドア一枚を隔ててつながっている。さもなければ、スタッフに奇妙に思われるだろう。

　彼は自室に入り、静かにドアを閉めた。アレイナの寝室へと通じるドアに向かって耳を澄ますと、彼女が動いている気配がした。

8

　イブニングバッグを化粧台の上に置き、ハイヒールを脱いだところで、アレイナは安堵《あんど》のため息をついた。疲れているとラファエロにほのめかしたものの、さほど疲れてはいなかった。とはいえ、彼女は落ち着きを失い、心拍数が上がっていた。

　その原因はわかっていた。ラファエロとダンスをしたせいだ。それも、二度も。

　記憶がいっきによみがえった。彼に対して築いた入念な防御壁はいとも簡単に突き崩され、恥ずかしげもなく、もっとラファエロに身を寄せたいという衝動に駆られた。そして、踊りながら彼の強さや男らしさを感じて欲望を募らせた。

アレイナはうめき声をあげながらワードローブにはめこまれた鏡に映る自分を見つめた。ガウンは本当に美しく、オートクチュールならではの優雅さと華やかさがある。

しばらくの間、彼女はただ自分を見つめていた。そしてくるりと背を向けた。こんなふうに自賛していても意味がない。彼女は背中に手をまわし、ジッパーを勢いよく引き下げてガウンを脱いだ。それをベルベットの肘掛け椅子の背もたれにかけ、下着を剥ぎ取る。それからシルクのドレッシングガウンで体を覆った。素材が肌にひんやりとして快い。

続いてピンを外して髪を下ろしたとき、ラファエロから贈られたダイヤモンドのネックレスをまだ身につけていることに気づいた。うなじに手を伸ばし、留め金に触れる。しかし、安全チェーンが複雑に絡まっているせいで、なかなか外れない。何度か試したあとで、アレイナは諦めた。このまま寝るしかない。それとも……。

迷ったすえにアレイナは意を決し、彼の寝室に通じるドアを解錠し、軽くノックをして開けた。

「ネックレスのチェーンが外れないの」

ラファエロはトールボーイ型スピーカーのそばに立ち、カフスボタンを外しているところだった。すでに蝶《ちょう》ネクタイは緩められ、ドレスシャツのいちばん上のボタンは外されていた。

突然の来客に彼は振り返り、固まった。

アレイナの目は彼の体に釘《くぎ》づけになった。ドレスシャツを着た男性が蝶ネクタイを緩め、シャツのいちばん上のボタンを外しているだけなのに、どうしてこんなに胸が騒ぐの？ 彼女は喉をごくりと鳴らした。ああ、神さま、彼は……彼は……。

「こっちへおいで」ラファエロが彼女に手を差し伸べた。「明るいところじゃないと外せない」

確かに彼の立っている場所は明るい。アレイナはしかたなく彼のほうへ歩いていった。これは悪い展開だと思いながら。

ラファエロは彼女の肩を抱き、軽く体の向きを変えて、壁掛け照明の明かりがうなじを照らすようにしてから、背後に立った。

アレイナはじっとしていた。それ以外、何もできない。ラファエロに抱き寄せられてダンスをしたときに生じたのと同じ震えが、再び全身を駆け抜けるのを止めようがなかった。

彼が熟練した手つきで緩めた髪を片方の肩にかけ、複雑な安全チェーンを外していく。数秒とかからずに、ネックレスは前に落ちて垂れ下がった。アレイナはそれを手で受け止めると、振り返って彼に差し出した。「お願い、ラファエロ、あなたが持っていて。私の部屋に置くにはあまりに貴重だから」

ラファエロは無造作にそれを受け取り、スピーカーの上に落とした。まるでイミテーションの宝石のように。彼の関心はダイヤモンドのネックレスではなく、彼女にあった。銀色に輝くシルクのドレッシングガウンを着た彼女に。

「僕はこれを覚えている」ラファエロが言った。彼のまぶたは半ば閉ざされていた。「島でも着ていた。たしかあのとき、僕は称賛したはずだ」

ラファエロが何をしているのか、アレイナが理解する間もなく、彼の手は彼女の腰に落ち、ベルトの結び目をほどいていた。全身が麻痺《まひ》したかのように、アレイナは動けなかった。「ラファエロ……だめよ」その声はかすれ、今にも消え入りそうだった。

私はこんなことをするためにここに来たんじゃない。そうでしょう?

抗議しようとラファエロの目を見たとたん、アレイナは狼狽《ろうばい》した。そこにははっきりと欲望の色が浮かんでいたからだ。口元にも。

こんなこと、したくない……。

だが、心の声はあまりに弱々しく、鼓動と、突然体内で湧き上がった熱にかき消された。

「だめなのか、アレイナ？」ラファエロは低くハスキーな声でいぶかしげに尋ねた。「本当に？」

きっぱり拒絶するのよ、アレイナ。理性の声が訴えた。ヴィラの月明かりのテラスで彼にキスをされたときと同じように。

そう、あのときと何も変わっていない。私は彼から離れなければならない。ドアに向かって歩き、自分の寝室に戻らなければならない。そしてドアに鍵をかけるのだ。

けれど、アレイナは動かなかった。というより、動けなかった。ため息まじりのかすれた声で、彼の名前を言う以外、何もできなかった。

「ラファエロ……」アレイナは心が自制心と本能のようなものの間で揺れるのを感じた。

「アレイナ……」ラファエロがささやき返す。その声には明らかに欲望がにじんでいた。彼はアレイナを引き寄せた。柔らかなシルクのように、豊かなベルベットのように、彼の唇が彼女の口の上を動いた。

アレイナは気を失いそうなほどの衝撃に襲われながらも、ラファエロの手が彼女の腰に伸び、ドレッシングガウンのベルトを緩めたことに気づいた。

そして、彼女の理性は砕け散った。

ラファエロはアレイナを生まれたままの姿にして腕に抱き、ベッドまで運んだ。

過去と現在が交錯する。

彼女をシーツの上に横たえたとたん、ラファエロは息をのんだ。彼女の裸身の美しさに興奮し、欲望が全身を駆け巡る。彼はそれを抑えこんだ。急いではならない。

ラファエロはベッドの端に腰を下ろし、しばらくの間、ひたすら彼女を見ていた。アレイナの目は大きく見開かれ、彼の目を見つめている。

「アレイナ……」ラファエロはもう一度彼女の名をささやき、胸のふくらみに手を伸ばした。

　その温かく柔らかな肌はシルクのような手ざわりで、ラファエロは優しく揉《も》みしだいた。たちまち胸は張りつめ、アレイナの喉から低く興奮したうめき声がもれた。手を離し、代わりに唇を押しつけると、アレイナはあえいだ。

「ラファエロ……」

　もはや待てないとばかりに彼女が彼の背中に手をまわして引き寄せる。すると、ラファエロは突然の焦燥感に駆られ、いったんアレイナから離れてすばやく服を脱ぎ捨てた。ベッドでは、彼女が手を伸ばして彼を待っている。いよいよ情熱と快楽の夜が幕を開けたのだ。

　ラファエロは彼女のそばに戻った。アレイナがどれほど美しいか、自分がどれほど彼女を求めていたか、改めて思い知らされた。そして、どれほどアレイナに求めてほしかったか。

　その願いは叶《かな》い、彼女は今、ラファエロを求めていた。彼はそのことを、アレイナの表情、彼を見つめる大きく見開かれた瞳、その瞳に宿っている輝き、珊瑚色《さんごいろ》の胸の頂から見て取った。

　アレイナの両手が彼の腰に巻きつくように伸びてきて、再び彼を引き寄せた。二人の口が、そして体がぴたりと重なり合う。たちまち彼は興奮し、欲望のあかしは極度に張りつめた。彼女の体は温かく、柔らかく、シルクのようになめらかだ。彼が下腹部を強く押しつけると、彼女は喉の奥からあえぎ声をほとばしらせた。

　それでもラファエロは我慢した。アレイナがどんなふうに愛し合うのが好きなのか、彼女に恍惚《こうこつ》の声をあげさせるには何が必要か、彼は思い出していた。

　彼の口はアレイナの唇から離れ、喉をたどり、胸の甘い谷間にたどり着いた。そこを舌でくすぐったあと、腰のくびれを経て、彼女の最も敏感な場所へと向かった。ラファエロは彼女の脇腹を両手で押さえ、口と唇でそこに刺激的な愛撫《あいぶ》を加えた。すると、アレイナは背中を反らして彼の肩をつかみ、爪を肌に食いこませた。

ラファエロが口を離すと、彼女は叫び声をあげた。大切なものを失ったかのように。

それは拒むことのできない誘いだった。ラファエロはためらうことなく、自らの飢えを満たすためにアレイナの中に入っていった。再び彼女は叫び、両手で彼の腰をつかんで引き寄せ、より深く彼女の中へと引きこんだ。それに応えて突き進むと、ラファエロは二人の体が融合するのを感じた。アレイナの体の繊細な組織が彼を包みこみ、さらに深く彼を受け入れる。そして、彼女の内部が熱く燃え上がったかと思うと、突然、痙攣《けいれん》が始まった。アレイナの両手が彼を力いっぱい抱きしめる。まるで彼を永遠に自分の中にとどめるかのように。

「アレイナ！」ラファエロはついに制御不能に陥り、彼女の名を叫んだ。所有欲をにじませて。彼は身を震わせ、アレイナを、そして自分自身を絶頂の高みへと押し上げた。

やがてゆっくりと、二人は地上へと下りていき、高ぶった体が弛緩《しかん》していくのを感じた。ラファエロが震える手で彼女の髪を撫《な》でると、アレイナは驚き顔で彼を見上げた。

ラファエロは彼女にそっとキスをした。睡魔に襲われ始めていたが、もう一度名前を呼んでからアレイナを抱き寄せた。彼女の柔らかさと優しさ、それだけが、今ラファエロが切望するすべてだった。

忘我の彼方《かなた》に連れ去られる前に、ラファエロの頭にかろうじて浮かんでいたのは、アレイナを取り戻すこと、彼女を再び自分のものにすることが、自分の望みだったのだという確信だった。過去は現在と融合し、現在は過去と融合した。なんとすばらしいことか。

そして、彼女を腕の中にしっかりと抱いたまま、ラファエロは深い眠りに落ちていった。

夜明けの光の中でアレイナは物憂げに伸びをした。腿にラファエロの腿が触れていて、温かい。その瞬間、記憶がよみがえり、幸福感に満たされた。

こうしてラファエロと並んで横たわっていると、二人が別れたあとの五年間がなかったかのように思える。まだ半ば眠っている意識の奥底から、うまく言葉にできない感慨が湧き上がってきた。

私がいるべき場所はここなのだ……。

昨夜は、片方の頬を彼の固い胸に押しつけ、長い髪を撫でられながら眠りに就いた。

そう、これでいいのだ、こうあるべきなのだ。

私はラファエロに抵抗する闘いを放棄し、自分が望んでいたことに身を委ねたのだ。彼が私の人生に戻ってきた瞬間からずっと望んでいたことに。

再び燃え上がったこの炎を、消すことができるだろうか？　五年前はそうしなければならなかった。ラファエロに必要とされていなかったから。

けれど今、彼は戻ってきた。そして私を求めている。私の人生を輝かせてくれた分不相応の贈り物であり、とても貴重な存在である男の子の母親として。ラファエロがジョーイを欲しがっていることを、私は喜び、感謝し、安堵するべきなのだ。

かつての恐怖が胸をよぎり、アレイナはぞっとした。もしかしたらラファエロはジョーイを拒絶していたかもしれない。ジョーイのことを重荷と見なして煙たがり、認知してくれなかったかもしれない。五年前、ラファエロの子を身ごもったとわかったとき、彼女はそれを恐れていた。

だが、杞憂《きゆう》だった。ラファエロはためらいもせず、一片の疑いも抱かずに、ジョーイを我が子として受け入れた。そして、ラファエロは自分の人生を一から組み立て直したのだ。ジョーイはラファエロが望んだ息子だったのだ。

そして、彼は私も欲している。カリブの島で私を欲したように。アレイナも、彼に求めてほしかった。

彼が身じろぎをして、アレイナの肩に腕をまわして引き寄せ、もう一方の手で彼女の丸みを帯びた腰に触れた。しかしそれもつかの間、彼の体から力が抜け、再び眠りに落ちた。

すると、アレイナも眠気に襲われ、ラファエロのぬくもりに身を委ね、蜜のような眠りに落ちていった。幸福感と喜びを覚えながら。

また彼の腕の中にいられるなんて、幸せとしか言いようがない……。

9

ラファエロはバックミラーに目をやった。アレイナは後部座席でジョーイに物語を読み聞かせている。車はローマから南へ向かう高速道《アウトストラーダ》を、アマルフィ目指して疾走していた。

ラファエロにとってこのドライブはけっして楽しいものではなかった。目的地に着くのが、そしてジョーイとアレイナを父親に会わせるのが、いやでたまらなかった。

ラファエロは、イタリアに到着してすぐに、父に結婚したことを報告する手紙を書いていた。それが父にとって喜ばしい知らせでないことは承知のうえで。案の定、父はただ三人で訪ねてくるようにと言っただけで、祝福の言葉はなかった。つまり、これは義務的な訪問にすぎず、父親が何を言うかはもうわかっていた。

〝罠《わな》にはめられたのか？　せめて完璧な婚前契約書を交わしたと言ってくれ！〟

父はジョーイに興味を示すだろうか？　ラファエロは自問した。父は僕が幼い頃、少しも息子に関心を寄せなかったが、孫に対しても同じような態度をとるのだろうか？

ラファエロは内心で肩をすくめた。父がジョーイに関心を示すかどうかは、ジョーイ自身にとっても、ラファエロにとっても、どうでもいいことだ。けれど、もし母が生きていたら……。

彼は物思いを無理やり遮断した。そんなことは考えたくもなかった。父がジョーイの存在にほとんど無関心であるとしたら、感情的で神経質な母は、おそらく独占欲を丸出しにして孫を極端に甘やかしたに違いない。ラファエロにそうしたように。

だが、もう昔のことだ。僕が集中しなければならないのは現在なのだ。交通量の多いアウトストラーダを走りながら、ラファエロは気分が和らいでいくのを感じた。アレイナとジョーイという突然の贈り物には、感謝するべきものがたくさんある。

ラファエロは再びバックミラーに目をやった。

ジョーイのほうを向いているアレイナの横顔を見て、気分はさらに高まった。ディナーダンスのあと、彼女が彼の寝室に来たあの夜以来、二人は毎晩のように体を重ねた。二人の間で再燃したものに、疑念を差し挟む余地はない。アレイナは熱烈に彼を切望し、それを彼は我ながら驚くほどに喜んだ。

ジョーイの出現によってひっくり返されたラファエロの人生は、落ち着きを取り戻しつつあった。彼には、父親として最善を尽くしている息子ジョーイと、かつてと変わらぬ美しさで彼を魅了する妻アレイナがいた。そして今、三人の絆《きずな》が揺らぐ気配はない——まったく。

　ジョーイは長いドライブに退屈していた。目的地まではまだ三十分ほどある。

　アレイナは自分がしだいに緊張していくのがわかった。この訪問を楽しみにしていたわけではない。ラファエロの父親が気さくな人だとは思えなかったからだ。

　ラファエロがそう言ったわけではない。彼は、父親を訪ねて妻子を紹介すると言っただけだ。セヴェリノ・ラニエリは表向きは引退しているが、ラファエロが明言したように、まだ一族の会社に目を光らせていた。最近はラファエロ自身が経営権を握っているとはいえ。

「父は自分の考えをはっきりと言う」ふいにラファエロが口を開いた。「僕たちの結婚の経緯は知らせてあるが、ジョーイをどう評価するかはわからない。跡継ぎができれば喜ぶだろう。だが——」

「私のことはあまり喜ばないでしょうね」アレイナは遮り、あとを引き取った。

　ラファエロは彼女をちらりと見た。「父はきみに礼儀正しく接するだろう」

「私も同じように接するわ」

　しかし、アマルフィ海岸の高級住宅地にある堂々とした邸宅に到着したとき、アレイナは警戒した。

　ラファエロの父親は、息子と同じように背が高く、七十を過ぎた今もハンサムで魅力的だった。けれど、目には冷たさと厳格さをたたえ、それを隠そうともしなかった。ラファエロがその鋭い知性を、外面的にはなめらかで都会的な物腰で和らげているのに対し、父親はその知性を武器として容赦なくちらつかせていた。

「それで……」息子に語りかけるセヴェリノ・ラニ

エリの口調は歯切れが悪かった。「そちらが、おまえの妻と息子というわけか」

老人の無表情な視線が一瞬アレイナに注がれ、それからすぐ彼女の手を握っているジョーイに移った。

「まあ、今さら血のつながりを疑っても意味がない」セヴェリノの目はアレイナに戻った。「旅の疲れを癒やしてくれ。家政婦がきみたちの世話をする。さて、ラファエロ」息子に向かって言う。「ちょっと話がある」

彼らが姿を消すと、アレイナは気弱そうな中年女性に二階へと案内された。ジョーイは母親の横で小走りになりながら、興味深そうに周囲を見まわしている。そして、アレイナに尋ねた。

「あの人が僕のおじいさんなの？」

「ええ、そうよ。さっきも言ったけれど、静かにしていないとだめよ。おじいさんは騒いだり、興奮してはしゃいだりする子供が苦手なの」

ラファエロの父親がいやがるのはそれだけではないが、アレイナはそのことは自分だけの胸にとどめていた。案の定、私は歓迎されなかった。セヴェリノが礼儀正しいかどうかさえ疑問だ。彼が私とジョーイの存在を望んでいないのは明らかだ。

まあ、それは私には関係のないことだけれど。

おどおどした様子の家政婦は二人を客用の部屋に案内し、バスルームの場所を教えた。三人はこの邸宅に泊まるのではなく、ラファエロは近くのホテルに予約を入れていた。そのことを思い出し、アレイナはほっとした。セヴェリノと一緒に過ごす時間は限られていて、あとは昼食を共にし、少し会話をすればいいだけだ。

とはいえ、昼食は堅苦しく、少しもくつろげなかった。ジョーイはズボンにシャツ、小さなベストという格好で、髪もきちんと整えていたが、祖父のむっつりした視線を浴びている。母親と同じく。

アレイナ自身が身につけているのは淡いグリーンの洗練されたツーピースで、コンドッティ通りで購入したものだ。セヴェリノに値踏みされているような気がしてならなかった。

英語で交わされた会話の中心は彼女自身だったが、それは会話というより尋問に近かった。それでも、アレイナは落ち着いて老人の質問に答えた。

「ええ、ラファエロとは休暇中に知り合いました。彼も私もそれが永続的な関係ではないことを承知のうえで。それで、私はシングルマザーになることを選んだのです。ところが、ラファエロと偶然に再会し、彼は父親と母親がそろっている家庭が望ましいと私を説得しました。それで私は今、こうしてイタリアにいるのです」

「なるほど」セヴェリノはぶっきらぼうに言った。

その声に皮肉を感じ取り、アレイナは思わずセヴェリノを見つめた。すると、彼女には理解できない、そしておそらく理解できなくてよかったと思われる言葉がイタリア語で返ってきた。ラファエロはなんの反応も示さず、無関心を通した。少なくとも彼女の目にはそのように映った。

セヴェリノは英語に戻し、ラファエロに向かって言った。「その子を嫡子にしたのか？」

「ああ、手紙に書いたとおりだ」ラファエロの声はアレイナと同じように落ち着いていた。

セヴェリノの口元が引き締まった。「結婚後に生まれた嫡子なら、大いに歓迎するのだが」

「ラニエリ家は王族でもなんでもない」ラファエロは反論した。「爵位もない」

「とはいえ、望ましい状況とは言いがたい」

老人は再び冷ややかな視線をアレイナに注ぎ、あきれたような表情を浮かべたあと、ラファエロに視線を戻した。

「おまえの母親がこの場にいなくてよかったよ。もしまだ生きていたら、感情的な彼女のことだ、その少年を極端に甘やかすだろうから！」

アレイナは口元に微笑を張りつけて親子の間に割って入った。「お言葉ですが、それこそが祖母の役目でしょう。ジョーイのことをちやほやしてくれるおばあちゃんがいないのは悲しい。私の母も何年か前に亡くなりましたから」

老人の鋭い目が彼女に向けられた。「父親は？」

「母の死後すぐに再婚し、もう連絡を取り合っていません。今はスコットランドにいます」

「現在、何をしているんだ？」セヴェリノの言葉には明らかに含みがあった。どうせろくでもない男だろうという偏見が。

「あなたと同じように、隠居しています。それまでは政府部門の科学者として働いていました」アレイナは水を一口飲んでから言葉を継いだ。「とても立派な人です」

セヴェリノ・ラニエリは顔をこわばらせた。自分の思いこみを覆されたのが気に入らないのだ。

食事が再開されると、アレイナの頭の中をさまざまな考えが飛び交った。ラファエロは父親の美貌と鋭い知性を受け継いでいるが、ただそれだけだ。幸い、ほかのものは受け継いでいない。

セヴェリノ・ラニエリがイタリア語でラファエロに話しかけた。完全に理解したわけではないが、アレイナを侮辱していることは充分にわかった。このときも、ラファエロはなんの反応も示さなかった。

尋問やこうしたやり取りに、アレイナはうんざりした。「イタリアのドラマティックな名所を見るのが楽しみだわ。でも、ポンペイやヘルクラネウムはどうかしら。ジョーイが大きくなって、学校で古代ローマについて学ぶまで待ったほうがいいかも。カプリ島への船旅のほうが楽しいでしょうね。どう思う、ジョーイ？」

少年は、〝お行儀よくするのよ〟と諭されたことを思い出したのか、神妙に答えた。「うん、僕は船で島に行きたい、ママ」

アレイナはほほ笑み、セヴェリノをちらりと横目で見た。「一緒にどうですか？」

ラファエロの喉から奇妙な音がもれたが、彼女の視線は彼の父親に注がれていた。セヴェリノの顔がまたこわばった。

「そのお楽しみはおまえたちに任せるよ」

アレイナは彼が誘いに乗るとはまったく思っていなかったが、それでも悲しくなった。私の息子はやはり、祖母ばかりでなく、孫を溺愛する祖父も持てないのだ、と。彼女の父はジョーイの存在すら知らないのだから。

セヴェリノがラファエロに向かって何か言っているのを、アレイナは見た。セヴェリノも私の父親も自己完結型の知性的な人間で、感情を忌み嫌っている。そして二人とも誰かに愛されることを望んでいない……。

思わずラファエロに視線が向かい、アレイナは凍りついた。彼は父親のセヴェリノのように冷酷ではないけれど、人の感情とは距離をおいているような冷淡さがある。いかにも都会的で洗練されてはいるが、世間とは相いれないかのように。

そう、ラファエロは常に人との間に壁を築いている。相手が誰であろうと。

だけど、その男性こそ、私が結婚した人であり、息子の父親なのだ。肉体的な魅力と欲望に圧倒され、今はベッドを共にしている。もはや彼の魅力に抗《あらが》えない。ラファエロ・ラニエリこそ、熟練した官能的な情熱で私を燃え立たせることができる唯一の男性なのだ。

ある疑問が彼女の頭の中で形をなそうとしていたが、アレイナはそれについて考えるのを避け、不穏な空気を打ち払った。

その疑問を解いたところで無益だからだ。私たちは結婚し、ジョーイのために家庭を築き、持続可能な結婚生活を送ろうと努めている。しかも、息子のためだけでなく、自分たちのためにも何かを築こうとしている。それだけで充分なはずなのに、どうしてこれ以上考える必要があるの？

アレイナは危険な思考を封印し、ラファエロとその父親を交互に見ながら尋ねた。「それで、カプリはいい島なんですか？」

「それはきみが何を求めるかによるな」ラファエロはよどみなく答えた。「知ってのとおり、カプリ島はとても人気がある。少なくともジョーイは船旅を楽しめると思う」

ラファエロの父親は不服そうな顔をした。「子供を甘やかしすぎてはいけない」

アレイナは反論したかったが、ぐっとこらえた。相手は義父なのだから。

彼女の代わりに、ラファエロが応じた。「何が過度な甘やかしなのかは人によって違う」彼の口調は表情と同じく平板だった。

セヴェリノの批判の矛先は別の面に向けられた。「学校はどうなっているんだ？ イタリア語を解さないからといって、就学が遅れるのはよくない」

アレイナはラファエロに先んじて答えた。「秋学期から、ラファエロのヴィラの近くにあるインターナショナルスクールの幼児クラスに通うことになっています」

老人の冷たい視線が彼女に注がれた。「学校に通うのは子供にとっていいことだ。教育のためだけではなく、母親からの自立を促す」ラファエロに視線を移して続ける。「おまえの場合は、とりわけ必要不可欠だった」

ラファエロの表情が曇った。

幸い、そのとき家政婦が入ってきて、料理の皿を下げ、チーズとビスケットの大皿を置いた。ラファエロが家政婦に何か気の利いたことを言うと、家政婦の顔がぱっと明るくなった。しかしそのあと、セヴェリノが辛辣な言葉を発し、家政婦の顔に例の怯《おび》えたような表情が浮かんだ。

アレイナは自分とジョーイの空になった皿を家政婦に手渡し、ただ礼を言った。それからマイルドな味のチーズを選び、ビスケットをいくつか添えて小皿にのせ、ジョージに渡した。自分用には、カマンベールを一切れ取った。

そのあとの会話は堅苦しく、アレイナがアマルフィ地方について質問しても、義父からはろくに答えが返ってこなかった。雰囲気の悪さを感じ取ったのだろう、ジョーイの〝いい子モード〟がついに切れ、落ち着きをなくしているのがわかった。

ラファエロと彼の父親がまたイタリア語で話し始めると、アレイナは義夫の相手をラファエロに任せた。

ラファエロの父親が彼女の父親と同じように、頑固で不屈の精神の持ち主だとわかり、アレイナは憂鬱になった。ラファエロがそうでないのがせめてもの救いだった。

とはいえ、彼の中にも少なからず同じ傾向があることは認めざるをえなかった。ラファエロは彼女の気持ちをなんら考慮せず、重大な決断を迫った。結婚するか、法廷で親権を争うか。

ふいに記憶がよみがえった。五年前、島で一緒に過ごした最後の日、ラファエロは未練たらたらのアレイナを切り捨てた。僕たちにはそれぞれの人生があると言って。あれは彼の本心だった。

そして今、私たちの人生は再び交わった。本当はそうしたくなかったのに。なぜなら、そこには大きな危険が潜んでいるから。けれど、よけいなことは考えずに、今の生活を受け入れたほうがいい。私にはジョーイとラファエロがいる。今、私が望むものはすべてここにある。

ラファエロが立ち上がり、父親も立ち上がった。

ラファエロはアレイナを見た。「そろそろ出発しよう」

ほっとしてアレイナも立ち上がり、ジョーイに告げた。「さあ、行きましょう」

玄関のドアを開けて待っていた家政婦に、彼らは暇乞《いとまご》いをした。アレイナはジョーイと手をつないで、家政婦に感謝のほほ笑みを向けた。

ラファエロが運転席についてエンジンをかけると、アレイナは玄関を振り返った。セヴェリノが見送りに出てきているのを期待して。けれど、玄関のドアはすでに閉ざされていた。

アレイナは何も言わず、ラファエロも無言だった。しかし、敷地を出てアウトストラーダに入ると、彼の肩や首からこわばりが消えているのがわかった。彼女自身、ようやく楽に呼吸ができるようになった気がしていたので、彼の気持ちが理解できた。

「ホテルまでは遠いの？」アレイナは尋ねた。今しがたの訪問については何も言わずに。

「いや、数キロだ」ラファエロは短く答えた。

彼女はそれ以上何も言わなかった。ジョーイは窓に顔をくっつけ、後ろに流れていく景色に夢中だったが、しばらくしてうつらうつらし始めた。ラファエロはいまだに何も話さず、アレイナはそのまま放っておいた。

ホテルは切り立った崖の上に立ち、古風だけれど豪華だった。チェックインして部屋に入ると、すっかり目覚めたジョーイが盛んにおしゃべりを始めたが、少年の質問に答えたのはもっぱらアレイナだった。

夕暮れどきになってもまだ暖かく、太陽はゆっくりとバルコニーの眼下に広がる紺碧《こんぺき》の海へと沈んでいった。

「ママ、プールがあるよ！」ジョーイは興奮して叫び、庭園の中にある長方形のプールを指差した。

「泳ぎたいなら、二人で先に行ってくれ」ラファエロが言った。「僕は一仕事すませてから行く」

そう言って彼はノートパソコンを取り出し、デスクの上に置いた。傍目《はため》にも彼がまだ気分が回復していないのがわかり、今度もアレイナは放っておくことにした。彼には自分の時間が必要なのだ。

アレイナはスーツケースを開けて水着を取り出したあと、ジョーイにショートパンツとTシャツを着せた。自分にはワンピースとサンドレスを選んだ。それからサンダルを履き、日焼け止めクリームを用意した。

ノートパソコンから顔を上げようとしないラファエロに向かって、彼女は朗らかに声をかけた。「行ってくるわね」

アレイナはジョーイに手を引っ張られながら部屋を出た。息子の〝いい子モード〟は完全に消え去り、彼女自身も任務を終えた安堵感《あんどかん》にとらわれていた。義理の娘の義務は、自分がラニエリ家に私生児を押しつける金目当ての女ではないことを示すことだと心得ていた。それについては、怒りはなかった。怒りがなんの役にも立たないことをずっと前に学んでいたからだ。実の父親から。

アレイナは、怒りも涙も無意味だと母を説得したことを覚えていた。

〝お父さんのせいじゃないのよ、お母さん。お父さんには人を愛する能力が欠けているの。私たちにできることは、あの人を愛さないようにすること。それが私たちを守る唯一の方法なの〟

悲しみが胸にあふれた。アレイナにとっては父の愛などないほうが、ずっと生きやすかった。けれど、母はそれを切望し続けた。夫に愛されようと必死だった。しかし、母の努力が報われることはなかった。

今、アレイナはジョーイと一緒にエレベーターに乗りこみ、彼の好きなようにボタンを押させた。エレベーターが急降下すると、彼女の胃も一緒に落下し、母の言葉が胸に突き刺さった。

〝自分を愛してくれない男性、そして愛を返せない男性を好きになってはいけない〟

それは、母が自ら犯した致命的な過ちから導き出した、警告の言葉にほかならなかった。

死ぬまで忘れてはならない警告。そのおかげで、カリブ海の島で私は救われた。そして、今も守られているに違いない。

私が今しなければならないのは、ジョーイのためにこの結婚を続かせること、ただそれだけ。

ラファエロを――私を愛してくれない男性を好きになってはいけないのだ。絶対に。

10

ラファエロはプールのデッキに立った。

ホテルは閑散としていて、プールにいるのもジョーイとアレイナだけだ。二人は夢中で水遊びに興じ、盛大な水しぶきを上げていた。

思わずラファエロは笑みを浮かべた。朝から続いていた緊張がいっきに解けていく。父親との面会は必要だけれど、まさに試練だった。それが終わった今、彼とアレイナとジョーイは、残りの週末を水入らずで過ごせるのだ。

ジョーイがラファエロを見つけ、興奮気味に声をかけた。「こっちだよ！　ママと水かけ競争をしてるんだ。僕が勝つ！」

ラファエロは、必死になって母親に水を浴びせている少年と、大げさに逃げ惑うアレイナに目を留めた。二人は浅いところにいて、アレイナは立ち、ジョーイは腕の浮き輪をつけて浮いている。

その光景を見ているうちに、母のことが思い出された。母は水が嫌いで、プールで遊ぶことはなかったし、ビーチで休暇を過ごすこともなかった。休暇といえば、ドロミテ地方を歩くことを意味した。父が先導し、言葉少なに歩を進めた。母は転ぶのを恐れながらも、夫のやりたいことはなんでも一緒にやり、どこへでもついていった。夫と息子から仲間外れにされたくない一心で。ラファエロはというと、なんの期待もせず、ただ両親のあとについて歩いた。

少年時代、楽しいことなどほとんどなかった。全寮制の学校に入ったのは、神経質な母親の悪影響から息子を逃れさせることに執着していた父親の意向だった。そこで彼は厳選した友人たちと交流し、教師からは頭がいいと認められるようになった。また、フェンシングやクライミングなどスポーツが得意だったことで、オタク扱いされずにすんだ。

十代になると、ラファエロは美貌と冷静な態度が有効な武器になることを知った。父親の暗黙の批判にも、母親の神経質な執着にも、持ち前の冷静さで巧みに対処した。その冷静沈着な態度が、彼の関心を引くにふさわしいと思われる女性たちの目に魅力的に映ることも知った。彼女たちは皆、彼を羨望の目で見ていた。

カリブの島でのアレイナのように。

今はどうなんだ？

もはや女性を選び放題というわけにはいかない。アレイナが産んだ子供に対する責任を負っている限りは。彼女が産んでいなければよかったとでも？　そんな質問は無意味だ。僕は現実しか見ない。そして、この現実には明確な利点がある……。

ラファエロの視線がアレイナに注がれた。なめらかなワンピースの水着が体に張りつき、そこから水が滴り落ちている。たちまち気分が高揚し、ファミリールームではなく、スイートルームを取ればよかったと悔やんだ。

それもつかの間、ラファエロは今日一日を思い出し、顔をほころばせた。

アレイナは実によくやったし、ジョーイの〝いい子〟ぶりはご褒美ものだ。ラファエロは半袖の開襟シャツとサンダルを脱いでプールに向かった。

「さあ、同点に追いつくぞ！」彼は、まだ母親に容赦なく水をかけているジョーイに宣言し、プールに駆けこんだ。腿に当たる冷たい水が心地よい。

ジョーイは歓喜の声をあげ、水しぶきを上げながらラファエロのほうに向かってきた。彼が両手を水にたたきつけてミニ津波を起こすと、ジョーイは悲鳴をあげた。父と子の戦いが始まった。

ラファエロは頭の中で、ジョーイを甘やかしすぎてはいけないという父の声を聞いたが、水しぶきの音がそれをかき消した。

その夜、二人はルームサービスを利用してバルコニーで食事をとることにした。ジョーイはプール遊びで疲れきって、小さなベッドでぐっすりと眠っている。息子は夕方プールサイドでパスタとアイスクリームをたいらげていた。

太陽が水平線に沈み、海には漁船やナイトクルーザーの明かりがともっている。まだ暖かいが、アレイナが肩に羽織った薄手のショールを取るほどではなかった。

ラファエロは、開襟シャツにチノパンという格好で、首元にはコットンのセーターの袖が巻きついている。髭《ひげ》は剃《そ》っていなかった。

ルームサービス係が出ていくと、アレイナはバルコニーの小さなテーブルについて言った。

「野蛮なお顔ね。海賊みたい」

ラファエロは黒ずんだ顎のラインをさすりながら言った。「弁護士としては失格だな」

「適切にその髭を伸ばせば、それなりの威厳を醸し出せるわ。五十歳になったら、試してみたらどうかしら？」アレイナは提案した。「その頃には裁判官になっているかもね」

「それはないな」ラファエロは笑った。「僕の性に合わないから」

アレイナはワイングラスに手を伸ばし、一口飲んだ。「あなたのお父さまは裁判官向きね。でも、彼の判決は仰ぎたくないけれど」

「同感だ」ラファエロはワインを一口飲み、グラスをテーブルに置いた。「きみは今日、うまく対処してくれた。ありがとう」

彼女は控えめな笑みを浮かべた。「接客業の経験が物を言ったのかも。何があっても冷静さと落ち着きを欠いてはいけないと教えられたから。けっして反論せず、いかなるときも礼儀正しくあれ、とも」

　ラファエロの目がきらりと光った。「だが、一度だけ度を失った。お父さんがとても立派な人だと言ったときに」

　アレイナは顔をしかめた。「父とあなたのお父さまはよく似ている」ゆっくりと言う。「一言で表現するなら、〝孤高〟がいちばんしっくりする」

　ラファエロは彼女を見つめた。「お父さんとはもう連絡を取っていないと言ったね？」

　そう尋ねてから、彼は二人の横に置かれた配膳用カートに手を伸ばした。ドーム型の蓋を開けて皿を取り上げ、アレイナの前に置く。最初の料理《プリモ》はシーフードサラダだった。

「ええ」彼女は答えた。「会ってもあまり意味がないように思えたから。母の死から半年もたたないちに父は再婚し、私は大学へ進学した。あまりに早い再婚だったから、私は結婚式に出る気がしなかった。だから、父の二番目の妻には会ったことがないの。再婚後に父がスコットランドに引っ越すと知らせてきたとき、彼女は同僚だと言った。つまり、彼女も科学者だから、おそらく母よりも父には合っていたんでしょうね」

ラファエロは無言でサラダを食べ始めた。それからおもむろに口を開いた。「僕たちは二人とも、反りの合わない者同士が結婚して生まれたわけだ。そもそもなぜきみのご両親は結婚したんだ？」

「母は父に恋をしていたの。母は思ったのよ……父のよそよそしさを打破できるかもしれないって。でも、結局できなかった」アレイナの声音がそこで変わった。「母の心は血を流して死んでしまったのではないかといつも思っていた」

彼女は言葉を切り、ワインに手を伸ばした。

「あなたのご両親はどうなの？　どうして結婚したの？」

「母の実家は裕福で、有力なコネクションもたくさん持っていた。その点は父にとって有益だった。だが……」彼は言いよどんだ。「母はとても美しく、社交的で、男性から言い寄られることに慣れていたが、父は例外だった。父は母をいらだたせるだけだった。それで母は、僕にすべての感情をぶつけるようになったんだ」

声音から感情が消えた。それでも彼は続けた。

「それが父の癇《かん》に障ったようで、僕を寄宿学校に送った。彼女の悪影響から僕を遠ざけるために」

アレイナはしばしの沈黙のあとで切りだした。

「私の父はその逆だった。私を母に任せっきりにした。彼はつまり、妻を無視したように、娘も無視したの」顔をしかめて続ける。「もし私が男の子だったら、あるいは、私が科学の好きな子供だったら、関心を持ってくれたかもしれない。でも……」

アレイナは肩をすくめた。

「実際は、私は父親の関心を引きつけるような娘じゃなかった」空になった皿を押しやり、再びワインに手を伸ばす。そして彼を横目で見た。「ずっと前に、私はそのことを受け入れた。もう父親との関係に影響されたり、動揺したりすることはないわ」

むしろアレイナを動揺させたの母親との関係だった。母が自らの経験から導き出し、娘に言い聞かせた教訓が、アレイナの生き方を縛っていた。自分を愛してくれない人を、自分の愛に報いてくれない人を好きになってはいけない……。

彼女はワインをもう一口飲み、グラスを置いた。

「母が交通事故で死んだのは私が十八歳のときだけれど、あなたは……何歳のときに？」

「二十三歳。弁護士の資格を取ったばかりの頃だ。父は喜んでくれた。ただ、母の診療所を尋ねると告げると、顔をしかめた」

アレイナは眉根を寄せた。「診療所？　何があったの？」

「薬の服用で混乱が生じ、副作用が出たんだ」ラファエロは指で軽く皿をたたいた。「このタジンは絶品だ。ワインにもよく合う」

彼が話題を変えようとしたのは明らかだった。アレイナもさらに雰囲気が重くなるのを避けたくて、素直に従った。「ええ、どちらもおいしいわ。明日カプリ島に行ってもいい？　少なくとも船には乗らないと、ジョーイががっかりするもの。行き先はカプリ島でなくてもいいけれど」

セヴェリノが過度の贅沢《ぜいたく》をしないよう戒める声が頭の中で聞こえ、アレイナは一瞬顔をこわばらせ、視線をラファエロに向けた。彼は平然としていた。

ラファエロも常に冷静で落ち着いている、とアレイナは思った。彼はこれまで人生に合理的に対処してきた。冷静かつ円滑に。

「様子を見よう」ラファエロは言った。「カプリはいつでも行けるし、きみが言うように、ジョーイは船に乗るのを楽しみにしている。泳ぐのも」

そのあと会話は明日の予定に続いて、アマルフィ海岸やベスビオ火山のことなど差し障りのない話題に移った。

・

「ランチのときにも言ったけれど、ジョーイをポンペイやヘルクラネウムには連れていきたくないの。四歳児が遺跡に興味を示すはずがないし、率直に言って、あの古代の大惨事のことを知ったら、動揺するかもしれない」

「そうだな、自然はとても厳しく、恐ろしい」

「人間もね」無意識のうちにその言葉がアレイナの口をついて出た。「でも……」眉をひそめて続ける。「ときには意にそぐわないことをしてしまう場合もある。ただ相手の気持ちを思いやる能力に欠けているだけで」

またそれぞれの父親に話を戻してしまい、アレイナは悔やんだ。薄明かりの中でラファエロに目を留めると、夕闇の光と影のせいで彼の顔は荘厳なまでに美しかった。父親に似ている、と彼女は思った。ジョーイがラファエロに似ているように。

彼女は一瞬、不安に駆られた。

ラファエロは、ベスビオ火山が再噴火する可能性とか、火山がつくり出した豊かな土壌がいかに農業や葡萄《ぶどう》栽培に役立つかとか、そんな話をした。そしてワインに手を伸ばし、ゆったりと口に含んだ。

「ええ、そうね。常に対価はつきものよ」

またも、アレイナは自分の言葉が別の意味を示唆している気がして、それを脇に置いた。彼女は安全な道を、予測可能な道を選んだ。その結果、ジョーイは父親を知り、ラファエロは息子を知ることができ、そしてアレイナとラファエロは知り合った頃と同じようにお互いを楽しむことができたのだ。

どんなふうに楽しんだの？

アレイナはなじみ深い興奮にとらわれ、顔を上気させてラファエロを見つめた。荒々しい顎のラインが彼をよりいっそう魅力的に見せている。

ラファエロは彼女の視線を受け止めた。そして、皮肉と後悔のこもった、それでいてユーモアたっぷりの表情を浮かべた。「またの機会に。ジョーイの眠りを妨げるわけにはいかないから」

アレイナは大げさにため息をついた。「まあ、しかたないわね」そう言って空になった皿を押しやる。「もう一つの食欲が満たされないのなら、デザート《ドルチェ》をたっぷり食べなくては。何が出てくるかしら？」

出てきたドルチェは、濃厚で甘いクリーム《クレマ》だった。彼女がおいしそうに食べ終えると、ラファエロはコーヒーをついだ。そして、穏やかな夕暮れの中、二人はしばらくの間、おしゃべりに花を咲かせた。

アレイナは満ち足りた気持ちで、椅子の背にもたれてくつろいだ。

なんて幸せなのだろう。これ以上の幸せはないくらいだ。

イタリア語のフレーズがアレイナの脳裏をよぎった――甘い生活《ラ・ドルチェ・ヴィータ》。

ああ、そのとおりだった！　最愛のジョーイがいて、ラファエロがいて、欲しいものはすべてある。まさにラ・ドルチェ・ヴィータだ。

ベスビオ火山は、湾の向こう側で眠っている。爆発の恐れはない。少なくとも今は。

11

「そして……」ラファエロは決然と宣言した。「みんな幸せに暮らしました。終わり」

ジョーイを見やると、ベッドのヘッドボードにもたれている父親の肩に腕をまわし、半ば目を閉じていた。ラファエロは本を閉じて脇に置き、空いているほうの手でベッドサイドの明かりを消した。常夜灯だけが寝室を照らす中、ジョーイが眠りに落ちていくのを見守る。寝息が聞こえ始めた。息子に信頼されているとわかり、ラファエロは胸を熱くした。

ジョーイの存在を初めて知ったときのことがよみがえる。僕は父親になったことをどう感じるのだろう、息子にとって僕はどうあるべきなのだろう、とラファエロは考えた。彼は、自分がけっしてセヴェリノのような父親にはならないと知っていた。そして、ジョーイに対し、父親としてベストを尽くすこともわかっていた。

それで、実際はどうだった?

しばらくの間、ラファエロはただそこに座り、ジョーイの呼吸に耳を傾け、パジャマを着た息子のぬくもりを肩に感じていた。

息子は彼に寄りかかり、彼の腕の中で眠っている。実に気持ちいい。このヴィラにいるときはいつもそうしているように、息子が眠りに就くときは物語を読み聞かせてやりたかった。単に息子と一緒にいるだけで温かな気持ちに包まれる。

新しい日常が根を下ろし始めていた。ラファエロは通常、仕事のある平日はローマに滞在し、週末はヴィラで過ごす。しかし、ときにはジョーイをマリアとジョルジオに任せてアレイナをローマに呼び寄せ、二人きりで出かけたり、アパートメントで過ごしたりした。また、ジーナ・フラテッリや、ジョーイが週三回通っている託児所で知り合った母親たちをヴィラに招き、ランチやディナーを楽しむこともあった。アレイナとジョーイのイタリア語はぐんぐん上達していた。そしてジョーイは、秋にはインターナショナルスクールに入学する。

　息子の小さな体を抱きしめたまま、ラファエロは感謝の念を抱いた。ジョーイとアレイナとの暮らしはとても……。

　とても……なんだ？

　それがなんなのか、どんな言葉で表現すればいいのか、ラファエロにはわからなかった。彼の顔が少しゆがんだ。今の生活をどう思うか、それが本当に重要なことなのか？　分析する必要があるのか？

　もちろん、今の生活に不可欠な要素の一つは、アレイナの情熱だ。再び目覚めた彼女の情熱は衰えることを知らず、高まるばかりだ。ラファエロは今、数週間前の夏の初めにアパートメントで初めて一緒に過ごした夜と同じくらい、彼女を求めていた。

　女性への欲望がこれほど長く続くとは思いもしなかった。ラファエロはいつも慎重に女性を選んできた。自分が与える用意がある以上のものを求める女性は徹底的に避けた。カリブ海でのアレイナはそうしたタイプの女性だった。二人の関係が、南国の島での甘美な時間がずっと続くことを望んだ。

　そして今、アレイナは息子のおかげでかつて求めていたものより多くのものを手に入れたのだ……。

　そのことに気づいてラファエロは顔をしかめたが、すぐにその恩着せがましい考えを打ち消した。僕の人生も、アレイナの人生も、ジョーイのためにある。大切なのは現在だけだ。

　ジョーイは今や寝息をたててすやすやと眠っている。ラファエロは息子をそっと寝かせ、慎重にベッドを下りてから小さな体に上掛けをかけた。テッズが息子に寄り添っているのを確認して。

ラファエロは静かにドアを開け、そこでもう一度ジョーイの姿を目に焼きつけてから部屋を出た。

階段を下りて居間に入ると、アレイナが顔を上げた。「ぐっすり眠っている？」彼女はソファで丸くなり、雑誌を読んでいた。

「ああ」ラファエロはうなずき、彼女の隣に座った。アレイナはいつものように、コーヒーテーブルの上に冷えたビールのボトルとグラスを置いていた。その隣には彼女の白ワインのグラスが置かれている。ラファエロがビールをグラスにつぐと、彼女は自分のグラスを手に取って彼のグラスに軽く当てた。かちんといい音が響く。

「夕食は十分後だそうよ」アレイナは笑顔で言い、ワインを一口飲んだ。

「完璧だ」彼はビールをぐいとあおった。「今日はどうだった？」

「ジーナの坊やと遊んだの。家に帰ると、いつものようにジョーイはプールに直行したわ。プールから上がったあとはジグソーパズルに読書。あとは知ってのとおりよ。お風呂に入って、パパとベッドに入って……。あなたの一日は？」

「オフィス、スタッフミーティング、顧客とのランチ、離婚調停の裁判で出廷、そのあといったんオフィスに戻ってから、ジョーイのために一目散に帰宅したんだ」ラファエロはざっと説明し、ビールをもう一口飲んだ。「週末の計画は？」

「明日は保育園の子供たちとのランチ・パーティ。もちろん親も出席して。日曜日は何もないわ」アレイナは思わせぶりな口調で続けた。「何かしたいことはある？　ご希望は？」

「僕の希望を叶《かな》えてくれるのか？」ラファエロは彼女の腕を取って自分の口元に運び、手の甲にキスをした。「なんて理想的な奥さんだろう」

アレイナの瞳を何かがよぎった。一瞬、ラファエロは不安に駆られたが、すぐに打ち消した。たぶん思い過ごしに違いないと。

「さて、私はマリアを手伝ってくるわ」彼女はそう言って手を引っこめ、立ち上がった。

ラファエロは冷えたビールをもう一口飲み、その風味を味わった。楽しい週末の予感に胸を躍らせて。

しかしそのとき、二階の寝室でジョーイを寝かしつけながら考えたことを思い出した。

ジョーイの存在を知って以来、僕の人生は一変した。そのことを、僕は後悔しているのだろうか？

答えは同じだった。別の道を選択する余地はなかったからだ。だから、後悔も何もない。僕には、息子に対して責任を負うという義務がある。そして、僕はその義務を果たすつもりだ。けっして父のように息子を遠ざけたりはしない。

ラファエロは最後のビールを飲み干し、グラスをコーヒーテーブルに置いた。結局のところ、人生において白か黒かはっきり決められるものはめったにない。そのことを、顧客の複雑な相談事や揉《も》め事《ごと》が教えてくれた。双方に正義と不正義が混在していても、僕は報酬を支払ってくれる人に有利な結果がもたらされるよう努めるしかないのだ。

そして今、ラファエロが背負わなければならない人生は、間違いなく明確な対価を伴っていた。

そこまで考えて、彼の口元に笑みが浮かんだ。

ジョーイを知るということは、アレイナを楽しむということだ。

ラファエロは立ち上がった。夕食の時間だ。

白ワインのボトルを持ってダイニングルームに向かいながら、彼は心の中でうなずいた。僕の人生は一変したが、今は順調に進んでいる。

そう、僕の思うがままに。

アレイナはテーブル越しにラファエロをちらりと見た。彼が週末にジョーイの就寝時刻に間に合うようヴィラに戻ってきたことがうれしい。一日の終わりの静かな読書の時間は、父と子の絆《きずな》を深めるのに大切だ。あいにく、彼女の父親も、ラファエロの父親も、読み聞かせなどしなかった。

だから、ラファエロは、父親としてのあり方を一から学ばなければならないのだ。

彼とジョーイの絆は深まっているのだろうか？　そうあってほしいと願うしかなかった。なぜなら、ラファエロは感情をめったに表に出さないため、それを見極めるのが困難だからだ。

アレイナはラファエロの性格を表す言葉を見つけようと試みた。秘密主義、とらえどころがない、胸中を読みがたい――そんな言葉が浮かんだが、どれもしっくりこなかった。彼はいつも誠実で、感じがよく、冷静で、魅力的で、協力的だった。ジョーイとの関係においても、彼女との関係においても、褒め言葉ならいくらでもあった。

ただ、何かが足りない……。

アレイナは頭をすっきりさせようと、軽く首を振った。ラファエロは今、マリアと楽しそうに話しながら皿を並べている。そんな姿を見ると、彼を批判することはできない、とアレイナは思った。ジョーイに対しても、彼はいつも気を配り、忍耐強い。そして恋人としても非の打ちどころがなかった。

実際、ベッドでは彼のとりこになった。絶頂を迎えたあとも、ラファエロはまだ震えている彼女の体を腕に引き寄せ、乱れた髪を撫《な》でながら、そっとキスをし、抱きしめた。彼は繊細で、気遣いができ、思いやりのある、まさに理想の恋人だった。

でも、とアレイナは思った。彼は私の恋人ではなく、私の夫なのだ。

　アレイナの目に影が差した。頭の中に薄氷を踏むような危険な思考が広がった。氷が割れてしまわぬうちに、氷から下りなければ。

　マリアが慌ただしくダイニングルームから出ていくと、ラファエロは二人のグラスに爽やかな白ワインをついだ。前菜は新鮮なメロンとミントのスライスに最高級の生ハム、さらに繊細な香りのラズベリーとヴィネグレットのソースが添えられていて、大いに食欲をそそった。

　ラファエロが口にした感想に生返事をして、食べ始めた。

　ラファエロ……。私の夫であり、恋人……。

　再び、アレイナは自分が薄氷の上に立っているように感じた。夫と恋人――その違いはなんだろう？

　アレイナは混乱し、そのような考え、あるいは疑問が心の中に居座るのがいやでたまらなかった。アマルフィでは、彼との暮らしを〝甘い生活《ラ・ドルチェ・ヴィータ》〟と呼んだ。それ以外に何があるというのだろう？　ジョーイがいて、ラファエロがいる。私の今の生活は確かに甘やかだ。でも……。

「アレイナ？」

　ラファエロのいぶかしげな声に、彼女の意識は現在に引き戻された。目をしばたたき、気を引き締める。「ごめんなさい、聞き逃したみたい」

　彼はほほ笑みながら前菜を一口食べた。「明日のランチに誰が来るのか教えてくれ」

　アレイナは招待客とその子供たち全員のサムネイルをまとめた画像をラファエロに渡した。そのとき、イギリスでジョーイの遊び相手だったベッティの顔が脳裏をよぎった。ライアンとベッティを招待して、ヴィラでちょっとした休暇を過ごさせたらどうだろう？　だが、そこで彼女は心なしか眉根を寄せた。ジョーイにとってはよくないかもしれない。息子に失われた生活を思い出させてしまうから。それに、ライアンとの間には友情しかないとはいえ、彼をラファエロは歓迎しないかもしれない。

　やっぱり、ライアンとベッティのことは過去のままにしておいたほうがいい。イギリスでの生活も。私の未来はここ、イタリアにあるのだから。

　アレイナはラファエロに目を向けた。彼を見ると、いつものように気持ちが和らぐ。もう二度と会えないと思っていたのに、今は……私の人生にとってかけがえのない人となった。

　熱いものが胸にこみ上げた。

　私は欲しいものをすべて手にしている。このうえ何が欲しいというの？　私に欠けているものはなんだろう？　その問いかけが、彼との間にふわふわと漂う。アレイナはそれが霧散するのを願った。

　この甘い生活をラファエロと共に楽しむために。これ以上は何も望まないように。

12

「長いドライブになるよ、ジョーイ」ラファエロは言った。「でも、途中で何度も休憩するから大丈夫」

「ロンバルディア！」車がヴィラの砂利を敷きつめた私道から一般道に出ると、ジョーイは歌うような調子で言った。

「そう、そこに行くんだ。山の名前は覚えているかい？」

「ドルオマイツ」ジョーイが声を張りあげた。

「そのとおり。賢いぞ」ラファエロは褒めた。

　北イタリアに向かう高速道《アウトストラーダ》を、彼は気分よく運転していた。アマルフィの父親を訪ねたときとは違い、今回は週末の外出を楽しみにしていた。

玩具やオーディオブック、飲み物、スナック菓子などをいつでも出せるように、後部座席でジョーイの隣に座っているアレイナに、ラファエロは声をかけた。「ダンテと仲よくやってくれるといいのだが。彼とは長いつき合いで、知ってのとおり、奥さんはイギリス人だ」

「お子さんは一歳半くらいだったかしら？」

「ああ、それくらいだ。僕は彼の名づけ親だから、知っていて当然なんだが。しかし、まあ……」ラファエロは肩をすくめた。「赤ん坊が生まれたとき、僕はまだ子供に興味がなかったからな。ダンテもコニーも今や赤ん坊にすっかり夢中だ」

「みんなに会えるのが楽しみだわ」

「アレイナ、きみはきっとコニーを好きになる。とても優しい女性なんだ。遠くに住んでいるのが実に惜しい。だが、ダンテは仕事が金融関係で、たいていミラノにいる。コニーはきみと同じ専業主婦だ」

　アペニン山脈に沿ってアウトストラーダを進むにつれ、景色がより雄大になり、ラファエロは通過している地方についてジョーイに語り聞かせた。途中でアウトストラーダを下りて昼食をとり、それからまたドライブを再開した。

　緑豊かなロンバルディアに着く頃には、ジョーイはうとうとしていたが、車がダンテの家の私道に入る頃には、眠気も覚め、すっきりした顔をしていた。ラファエロは旧友を訪ねることができ、喜んでいた。もっとも、妻ばかりか四歳の子供まで連れてくるとは皮肉なものだと思う。

　そのことを電話で告げたとき、ダンテがラファエロを強く非難したこともあって、ライフスタイルの突然の変化をダンテにからかわれるに違いないと覚悟していた。

　そして、そのとおりになった。

「ラファ――あのラファエロ・ラニエリが結婚してパ

パになるなんて、誰が想像しただろう！」ダンテは車から降りたラファエロの肩を強くたたいた。

妻のコニーの挨拶は、喜びにあふれながらもいたって普通だった。「ラフ、また会えてうれしいわ！　アレイナにも会いたかったし、ゴージャスなジョーイにも会いたかった！」

コニーはラファエロの頬にキスをしたが、その間も彼女の関心はアレイナに向いていた。ラファエロはコニーが温かくほほ笑むのを見た。

「ようこそ、アレイナ！　そして、あなたがジョーイね？　なんて愛らしい」

ジョーイは興味深そうにあたりを見まわしていた。アレイナがコニーの挨拶に応えているところへ、ダンテが手を差し出しながら近づいてきた。

「アレイナ、はじめまして」

ラファエロは、ダンテの目がアレイナへの興味で生き生きしているのを見て取った。

「さあ、入ってくれ。きみは僕たち夫婦以上に、身軽な旅ができないようだね」ダンテの声はいかにも楽しげだった。「赤ん坊がどれだけのものを必要とするか、驚くばかりだ」ジョーイのほうに顔を向けて続ける。「やあ、きみ、僕はダンテ。こちらがコニー。中に入ってベニートに会ってくれ。僕の息子はきみより年下だから、優しくしてくれよ」

ダンテに促されて彼らは中に入り、ヴィラの庭へと案内された。

「プールだ！」ジョーイがはしゃいだ声をあげ、プールへと走っていった。「もう泳いでいい？」

「もうちょっとあとでね」ダンテが答えた。「その前にケーキを食べよう」

「うん」ジョーイは元気よくうなずき、すぐに日よけの下に置かれた木のテーブルについた。

そのとき、コニーがよちよち歩きの乳児の手を引きながら、家から出てきた。

今度はアレイナが叫ぶ番だった。「まあ、なんてかわいいの！」たちまち彼女は夢中になった。ベニートをハイチェアに座らせながら、コニーは顔をほころばせた。

コニーとアレイナがママ・トークを始めたのを見届け、ラファエロはダンテに向き直った。

「さあ、いくらでも笑い飛ばしてくれ。僕がいきなり四歳児の父親になり、突然その子の母親を妻にした滑稽さを」

ダンテの黒い瞳がユーモアをたたえて輝いた。だが、それはラファエロだけに向けられたものではなかった。「ラフ、コニーは僕が予想もしなかった贈り物だったが、きみにとってのアレイナも同じだったようだな」親愛の情を込めてラファエロの肩に腕をまわして続ける。「あとで経緯を教えてくれ。奥方たちがくつろいでいるときにね。コニーが英語を話せてよかったよ。彼女たちが仲よくなるといいのだが」

「コニーと仲よくなれない人はいないさ」ラファエロは請け合った。

二人は笑い、メイドがお茶のトレイを持ってくるのを見て椅子に腰を落ち着けた。

コニーがアレイナを見つめて言った。「あなたが来てくれて本当にうれしいわ。私たちにはヴィクトリア・スポンジを、歩兵たちにはチョコレートの妖精のケーキを焼いたの。あなたは紅茶？　それとも、こっちに来てコーヒー派になったの？」

「紅茶をお願い」アレイナが答えた。「カプチーノは大好きだけれど、エスプレッソは苦手なの。ラファエロはキッチンに恐ろしいマシンを置いていて、腕ききの家政婦に任せているわ。私はよく紅茶を飲むのだけれど、イギリスから取り寄せた紅茶でも、味が今一つなの」

「それって、たぶん水のせいだと思う」コニーが言った。「それとも気候が違うせいかしら？　ああ、ベニート……」彼女は息子に目を向けた。「すぐにあげるから、待ってて。お客さまが先だから。さあ、ジョーイ、アイシングの中にチョコレートフレークが入った妖精のケーキと、チョコレートのボタンがついた妖精のケーキのどっちがいい？」

「両方！」ジョーイがうれしそうに言った。

ジョーイとベニートは夢中でケーキを食べ始め、その姿に大人たちは笑い、ますます和やかな雰囲気になった。アレイナがコニーと意気投合し、英語でおしゃべりに興じる一方、ラファエロはダンテとイタリア語で旧交を温めた。

お茶のあとは、約束どおり、プール遊びの時間となった。豊満な体をワンピースの水着に包み、ベニートを腕に抱いて遊ばせているコニーを見て、ダンテの目が柔和になるのを、ラファエロは認めた。

視線を感じたのか、ダンテがラファエロのほうに顔を向けた。「僕は毎日、妻に感謝している」熱を込めて言った直後、彼の表情が変わった。「それで、古きよき友よ、きみはそのような感謝を捧《ささ》げているのか？」

軽い口調ながら、ダンテの声には明らかに疑念がにじんでいた。ラファエロは友人と目を合わせず、ジョーイが水しぶきを上げているほうへ視線を向けた。息子を守るかのように、その傍らをアレイナが優雅に泳いでいた。

「息子を見つけられたことに感謝している」

ダンテにまだ見つめられていることに気づいていたが、ラファエロは目を合わせようとしなかった。

「アレイナはなぜ妊娠していることをきみに言わなかったんだ？」

友人の問いに、ラファエロはしばらく沈黙し、それから慎重に切りだした。

「僕たちはカリブ海の島で出会い、行きずりの関係を持ったんだ、ダンテ。ただそれだけだ。彼女がそれ以上の関係を望んでいると気づいたとき、僕はこれは休暇中のお楽しみにすぎないと突き放した。そして、僕はイタリアに戻った。僕は……きみも知ってのとおり、自分の生き方に完全に満足していた」

「そう、きみは人との深いつながりを避けている」ダンテは乾いた口調で指摘した。

ラファエロの眉が上がり、ようやく友人を一瞥《いちべつ》した。「コニーに出会う前のきみと同じく」

「だが、理由はまったく違うよ、ラフ」ダンテは反論した。「僕には女性と深く関わる暇がなかったし、深く関わりたいと思う女性に出会ったこともなかった」

「あとの理由は、僕も同じだ」ラファエロは言った。

「それで、今は？」ダンテは探るように友人の目をのぞきこんだ。

ラファエロはまた目をそらした。だが、ダンテはかけがえのない友人だったので、真実を話そうと決めた。ぶっきらぼうな口調で、けれど正直に。

「今の状態は、僕が望んでつくり出したものではない。だが、現状は現状として僕は受け入れた。ジョーイは間違いなく僕の息子だ。僕には彼と彼の人生に対して責任を負っている。そして、ジョーイはアレイナと一心同体だ。僕と彼女はお互いにうまくやっていくしかない。そして実際、うまくやっている。僕は彼女に敬意と思いやりをもって接してきた。ジョーイのために温かい家庭を築くこと、それが僕たちの最優先事項だ。僕たち自身は……まあ、それなりの報酬を楽しんでいる」

ダンテはラファエロを凝視した。「だが、きみは自らの意志で彼女との結婚を選んだんじゃないのか、報酬とやらがあろうとなかろうと？」

友人の追及に、ラファエロはたじろいだ。なぜなら、ダンテの指摘は的外れだったからだ。

たった今、自分が口にした言葉が頭の中に響く。

〝現状は現状として僕は受け入れた〟

それが唯一の答えだった。

ダンテが何を考えていたとしても、彼が僕の置かれた状況を理解できるわけがない。想像すらしなかった息子の出現は、まさに青天《せいてん》の霹靂《へきれき》だった。それに対して僕はしなければならない反応を示したまでだ。ジョーイのために。

ダンテのいぶかしげな視線はまだラファエロに注がれたままだった。友人が矛を収めてくれるようラファエロが祈ったとき、コニーの声が響き渡り、救われた思いがした。

「ダンテ！　ジョーイにそこにある浮き輪を投げ入れてやって。プールハウスのそばよ！」

うれしいことに、どうやらプールパーティに参加する時間が訪れたらしい。ラファエロはダンテと同時に立ち上がった。僕の今の人生のありようについて考えるのはやめよう。今はひたすら現状を受け入れるしかないのだから。

週末はとても楽しく過ぎていった。ダンテとコニーは実に親切かつ愉快で、ラファエロはダンテと旧交を温めてすっかりくつろぎ、アレイナも夫妻と新たな友情を結びつつあった。

ラファエロとダンテがジョーイにも手伝わせて車に荷物を運ぶのを見ながら、コニーが言った。

「また来てね、アレイナ」

「ありがとう。でも、あなた方が私たちのところに来るという手もあるわ」アレイナはほほ笑みながら応じた。「小さな子供を連れての長旅は、ジョーイを連れての移動以上に大変だと思うけれど」

「なんとかなるわ」コニーもほほ笑んだ。「子供が大きくなれば、もっと簡単に行き来できるでしょうね。もちろん、もう一人産むつもりなら話が違ってくるけれど。ダンテと私は乗り気なの。でも、こういうことに確実性はないから……。あなたとラフはどうなの？」

アレイナはしばしの沈黙のあと、おもむろに答えた。「コニー、私とラファエロは普通の家族じゃないの。ジョーイを産んだとき、まさかラファエロが息子の人生に父親として関わってくるとは思いもしなかった」

コニーは顔をしかめてアレイナを凝視し、それから疑問をぶつけた。「でも、どうして？　無神経なことを言うようで悪いけれど、子供の父親に妊娠したことを伝えないなんて、私にはとても奇妙に思えるわ」

「私は……ラファエロがその知らせを歓迎するとは思わなかったの。私たちは休暇中にロマンスを楽しんだだけ。南国の月夜の逢瀬《おうせ》とか、とても幻想的で華やかだった。それにラファエロは魅力的で、私は彼の誘惑に抵抗する気も起こらなかった」

「彼に抵抗できる女性なんてめったにいないわ」コニーは辛辣な口調で言った。「彼は……ダンテとはまったく違う魅力の持ち主だもの。彼に初めて会ったとき、びっくりしたわ。ただ、私はもうダンテにぞっこんだったから、惹《ひ》かれはしなかったけれど。ラフはみんなから〝ミスター・クール〟と呼ばれて独身生活を謳歌《おうか》し……」彼女は慌てて口を閉じ、続けた。「まあ、昔の話よ」

「彼がプレイボーイだったことは知っているわ」アレイナは言った。「それもあって、彼が行きずりの恋人の妊娠を歓迎するとは思わなかった。そして彼に負担をかけるのはフェアではないと思った。私は経済的な援助を必要としなかったし、シングルマザーは近くにもたくさんいる。それに……」彼女は息をつき、コニーの目をまっすぐに見た。「私はジョーイに、子供の存在を望まない父親と関わってほしくなかった。あまりにも不憫《ふびん》で」

コニーが心配そうに見つめているのに気づいて、アレイナは肩をすくめた。

「私の父は私に興味を示さなかった。父から愛情を注がれることを願っていたけれど、それが叶《かな》うことはなかったわ。でも、私を邪魔者扱いするようなことはなく、ただ関心がなかっただけ。そんな父を持っただけに……」アレイナはまた息をついた。「ジョーイが同じ目に遭う危険を冒したくなかった」

「ラフはジョーイと仲がいいじゃない！」コニーが異を唱えた。

「でも、そうならない可能性もあった」ラファエロは私の父親のように、我が子に氷のように冷たく接していたかもしれない。そう思うと、アレイナはぞっとした。

「だけど、現実には二人は本当に仲がいい。大事なのはそこよ」コニーは繰り返し指摘した。

アレイナの表情が和らぐ。「ジョーイがラファエロを受け入れたことはとてもうれしい。あの子はイタリアでの新しい生活に驚くほどよく適応しているし」

コニーは真顔で彼女の目を見て尋ねた。「あなたはどうなの？　ジョーイのために築いた生活を捨てて、こっちに引っ越してきて、うまく適応できた？　もちろん、ラファエロとの結婚生活にも？」

「ええ、できたわ」アレイナは答えた。「そうせざるをえなかったから。ラファエロもね。意外にも彼がジョーイの人生にずっと関わりたいと宣言した以上、結婚するよりほかに選択肢はなかった。そして、まあ……私は適応しているつもり」

コニーの鋭い視線に耐えられず、アレイナは目を伏せた。

「あなたは幸せなの、アレイナ？」

アレイナの心臓が跳ねた。なぜ？　その理由は自分でもわからなかった。

「こうして現状を受け入れている限りは、幸せよ」

彼女は慎重に答えた。顔を上げ、コニーの視線を正面から受け止める。「コニー、私にはたくさんのものがあるの！ ジョーイもいるし、贅沢《ぜいたく》な生活も手に入れた。ローマ郊外の美しいヴィラに住んでいて、信頼できるスタッフもいるし、すてきなドレスや宝石できらびやかな社交生活を送ってもいる。そのうえ、気配り上手で思いやりがあって、ジョーイを自分の人生に受け入れた夫もいるのよ。幸せでないはずがないでしょう？」

アレイナはコニーの目を見つめた。結局のところ、二人とも、ほかの女性が羨むような男性と結婚しているのだ。少なくとも性的な魅力に関しては。

「五年前に二人の間に燃え上がったものがなんであれ、それは今もまだ健在だし、それを否定しても無意味だと、ラファエロははっきりと教えてくれた」彼女の頬が赤らむ。「わかるでしょう？ ラファエロは信じられないほど魅力的だし、私は五年前以上に今の彼の魅力に抵抗できない。抵抗する必要もない。正直な話……」一息ついて続ける。「私たちの結婚はセックス抜きではうまくいかないと思う」

恥ずかしさにアレイナは再び目を伏せた。コニーがラファエロの最も親しい友人の妻で、気の置けない人でなかったら、こんな話はしなかっただろう。

「あなたはそれで満足しているの？」

コニーに問われ、アレイナは顔を上げた。心臓はかつてないほど大きく打っている。「わからない」

しかし、か細い声で答えながらも、アレイナは感じていた。自分の足下にある薄い氷にひびが入り、割れ目が大きくなっていくのを。

わからない――頭の中でコニーに答えた言葉がぐるぐるまわっていた。

本当は知っていた。しかし、アレイナはあえて口に出さなかった。もし口にしたら、ここイタリアでジョーイのために慎重に築きあげた生活は、薄氷を突き破って冷たい水底に沈んでしまうだろう。私もろとも。

アクセルをぐいと踏みこむと、車はアウトストラーダを疾駆した。ラファエロはダンテとコニーと共に過ごした時間を楽しんだが、ダンテとの長い友情とコニーへの好意を考えれば、そうならないわけがない。だが、それは不安の種でもあった。

ラファエロはアレイナと結婚した経緯について率直に話した。そしてダンテに非難されているような印象を受けた。そのときの友人の表情を思い出し、ラファエロの口元がこわばった。牧歌的な結婚生活を送っているダンテだからこそ、僕とアレイナとの結婚に何か違和感を覚えたのだろうか？

表面的には、ダンテとコニー、そして彼らの小さな息子は、ベニートとジョーイの年齢差を除けば、僕たちと同じ家族構成だ。だが、内実は違う。

ダンテとコニーは、自らの選択の結果として、今の彼らの人生がある。

僕は違う。いやおうなく別の人生を押しつけられたのだ。その結果ついてきた報酬がどんなにすばらしくても、この明白な真実は消えない。

そう、今の生活を選んだのは僕ではない。

頭の中で、ダンテの声がよみがえる。〝きみは自分の意志でアレイナと結婚したのか？〟

それは彼がけっして自分に許さなかった質問だった。なぜなら、無益な問いだから。

ラファエロはバックミラーに目をやった。アレイナがジョーイに、電車の物語を読み聞かせていた。元気がないように見える。彼女もまた、自分たちと、彼ら――ダンテとコニーとの違いを感じているのだろうか？

だが、そんなことはどうでもいい。彼女も現状を受け入れているのだから。

ラファエロの脳裏に父の顔が浮かんだ。結婚した女性が自分といかに合わないかを知ったとき、父も、今の僕と同じもやもやしたものを感じたのだろうか。だが、父は結婚を受け入れた。そして、その結婚は大失敗に終わった。

僕とアレイナに限って、そんなふうにはならない。僕は父とは似ても似つかないし、アレイナも母とはまったく違う。僕は父のように冷酷ではないし、アレイナは母のように混乱したり、何かに執着したりしない。そう、僕たちは今のままでいいのだ。

それでもわだかまりは消えず、ラファエロは思わずハンドルを握る手に力を込めた。指の関節が白くなるまで。

13

アレイナはカレンダーを見て、胸の内でつぶやいた。あと一カ月足らずでジョーイの学校が始まる、と。夏はあっという間に過ぎ去った。

どうしてこんなに早く？　アレイナは顔をしかめた。ジョーイが毎日学校に行くようになったら、私は何をすればいいの？

マリアとジョルジオはヴィラを完璧に切り盛りしている。私ができるのは接客業だけれど、ここは観光地ではない。それにもちろん、ジョーイの学校の時間割や休みに合わせられる仕事でなければならない。ラファエロの社交のスケジュールにも。

そういえば、今週末にローマで華やかなチャリティ・ガラがある。すでに美容室をはじめ、ネイルやフェイシャルも予約済みだ。夫が皆に誇れるシニョーラ・ラニエリになるために。

アレイナのワードローブには数えきれないほどのイブニングドレスがつるされていた。宝石もよりどりみどり。ダイヤモンドのネックレスに加え、サファイア、ルビー、エメラルド、そして極上の真珠をラファエロがジュエリーケースに入れてくれたのだ。

もっとも、アレイナはそのどれもが自分のものだとは思っていなかった。いずれもラファエロのものであり、彼女は彼の妻として身につけるにすぎない。法外な値段の贅沢《ぜいたく》すぎるイブニングドレスも同様だった。贅沢すぎると言うなら、ここでの彼女のライフスタイル全体がそうだった。

ジョーイのおかげで得られた生活……。

でも、この贅沢なライフスタイルを望んだのは私ではないし、ラファエロがそれを提供してくれるよう望んだことも期待したこともない。

さらに言えば、彼との結婚も。

もしイギリスにとどまっていたら……。アレイナは考えを巡らせた。それまでどおり仕事を続け、母親業と両立させていれば、私は幸せだったに違いない。ラファエロは定期的に訪ねてくるだけだったかもしれない。息子に会うために。ジョーイは成長するにつれて、父親と過ごす時間が増えるようになるだろう。最近では、母親と父親が一緒に暮らしていない場合も多く、子供たちが皆、そのことで苦労しているわけでもない。つまり、やり方しだいでは、そういうライフスタイルもうまく機能するのだ。実際、友人のライアンは、離婚後も父親業を完璧にこなしていた……。

今さら考えてもしかたがないことを頭から締め出し、アレイナはキッチンに向かった。そこでは、マリアがジョーイに新鮮なラビオリの作り方を教えていた。

　そうよ、これが私の人生であり、これがすべてなのだ。ほかのことを考えてもなんの益もない。ダンテとコニーと過ごした週末を思い出しても意味はない。でも、小さな息子と一緒にいるダンテとコニー。本当に幸せそうな家族だった。両親に愛されている赤ちゃんと、愛し合っている夫と妻……。

　突然、アレイナの脇腹に痛みが走った。ダンテとコニーは幸運だ。彼らは互いを愛し、互いのために生まれてきたのだ。

　彼らの結婚は愛に基づく結婚だった。そして、赤ちゃんができて……。でも、私とラファエロは違う。普通の結婚とは順序が逆だった。

　アレイナはしばらく目を閉じていた。普通の結婚とは違う――その言葉が頭の中に警鐘のように鳴り響き、なかなか消えなかった。

　母親の姿が目に入るなり、ジョーイが興奮して叫んだ。

「ママ、早くこっちに来て、見て！」

　マリアの監視下、ジョーイは長い木製の調理台の椅子に膝をつき、熱心に作業をしていた。アレイナは、ジョーイがジグザグローラーでせっせと切っている四角いパスタに感心した。少々ぼろぼろした感じだが、縁はきちんとジグザグになっている。

「お弁当のおかずになるといいわね」アレイナはそう言ってほほ笑んだ。

「ジョーイはとても物覚えが早いの」マリアもほほ笑んだ。

「マリア、あなたはすばらしい先生ね」アレイナは心から賛辞を送った。「この週末、私がローマに行っている間、ジョーイの面倒を見てくれて本当にありがとう。来週はずっと、ご夫婦でプーリアの息子さん夫婦のところへ行くんでしょう？　どうぞたっぷりと楽しんできて。もちろん休養も兼ねて」

二人はしばらくの間、マリアとジョルジオが不在中の家事のことなど、実務的なことについて話し合ったが、しだいにアレイナは落ち着きを失っていった。結局、何も変わっていないのだろうか？

たぶん、それが問題なのかもしれない。ここでの生活は順調だし、これからもそうだろう。文句を言う筋合いはない。とはいえ、アレイナの頭の中には、ラファエロとの結婚生活について語ったときにコニーが投げかけた問いが浮かんでいた。

〝あなたはそれでいいの？〟

ああ、わからない……。

アレイナは再び、自分が薄氷の上に立っているのを意識した。そして、氷がどんどん薄くなるのを。

チャリティ・ガラは、ローマにあるルネッサンス様式の巨大な貴族の館で催された。アレイナは、レモン色のつややかなサテンのオフショルダー・ガウンにパールのチョーカーを身につけていた。髪は凝ったスタイルにまとめられ、しずく型の真珠《ドロップパール》のイヤリングともども豪華さを演出している。ラファエロは白のネクタイを締め、いつもと同じように気品を漂わせていた。

女性客からはラファエロに、男性客からはアレイナに称賛の視線が寄せられた。顔なじみも多く、会話は弾み、楽しい夜となった。

ラファエロのアパートメントに戻ると、彼はアレイナの服をゆっくりと脱がせ、それから愛し合った。二人とも体がとろけてしまうほど激しく。

翌朝、遅めの朝食をとっているとき、ラファエロはコーヒーをつぎながら言った。

「残念だが、今日はヴィラには一緒に帰れない。急な出張が決まり、明日の朝一番の飛行機で出かけなければならないんだ」

「今度はどこ？」

「遠いところ……」

彼がためらった理由は、すぐに明らかになった。

「カリブ海だ。五年前に僕をあの島に呼んだのと同じ顧客だ。彼はまた離婚した。あのときの離婚の原因となった女性と結婚したんだが、結局うまくいかなかったようだ」

ラファエロの声には隠しきれない冷笑的な響きがにじんでいた。けれど、アレイナが注目したのはそのことではなかった。名づけようのない波紋が胸の中に広がっていた。

「長くなりそうなの?」

彼はコーヒーを口に含み、肩をすくめた。「そうでないことを願っているんだが……彼は気難しい性格でね。はたしてどうなるか。慰謝料など妻との交渉は難航するだろう」

アレイナは彼をじっと見た。「あなたの顧客って、感じのいい人はほとんどいないのね」

ラファエロの口元がゆがんだ。「僕が最も高額な料金を請求するのは彼らだ」

彼女は受け流した。税金を払うのを忌み嫌ったり、財産分与の額や慰謝料をできるだけ値切ろうとしたりする顧客のことなど、アレイナは気にしていなかった。二人の出会いの島にラファエロ一人で出かけると思うと、なぜこんなにも不穏な気持ちになるのだろう? その島で起きた出来事のせいで、私は今ここにいる――そのことが改めて思い起こされるから?

「ちょっと考えたんだが……」ラファエロにしては歯切れが悪かった。「島での仕事が終わったら、きみも来ないか? 一緒に休暇を楽しもうよ」

アレイナはさっと彼を見た。「ジョーイには長距離のフライトはまだ無理よ」

「僕はきみと二人だけで過ごすつもりでいた」ラファエロは言い、見つめ返した。

彼女はごくりと喉を鳴らした。「長い間ジョーイと離れるのはいや。それに、マリアとジョルジオは来週、プーリアにいる息子さんのところに行くことになっている。彼らに予定を変更するよう頼むのは忍びないわ」

ラファエロは心なしか肩をすくめ、コーヒーに手を伸ばした。

「それに、ラファエロ、もしかしたら二人きりでカリブ海の休暇を楽しむというのはいい考えじゃないかもしれない。過去は過去のまま放っておくのがいちばんじゃないかしら」

アレイナは彼から目をそらし、まばたきをした。心の中で、彼女はあのホテルの玄関に立ち、ラファエロの乗った車が走り去るのを眺めていた。

そして、ダンテとコニーの結婚と自分たちの結婚を比べたときに感じたのと同じ痛みに襲われた。

五年前、アレイナは自分の人生からラファエロが去っていくのを見送りながら、自分がどれほど危険な崖っ縁まで来ていたのかを悟った。母親からしつこく警告されていたにもかかわらず、彼女は危うく足を踏み外す寸前だった。けっして自分の愛が報われることはない男性を切望するところだったのだ。

あのとき、私は賢明にも踏みとどまり、母の二の舞を演じずにすんだのだ。

今、ラファエロは話題を変え、昨夜のチャリティ・ガラについて当たり障りのない話を始めた。アレイナも気を取り直し、適当に話を合わせた。

朝食を終えると、彼女は立ち上がり、さりげなさを装って言った。「出張の準備もあるだろうから、私はヴィラに戻ったほうがよさそうね。マリアとジョルジオも荷造りをしたいだろうから、午後のジョーイの面倒は私が見たほうがいいだろうし」

「送っていこうか」

アレイナは首を横に振った。「あなたがとんぼ返りしたら、ジョーイががっかりするもの。運転手がお休みなら、タクシーを使うわ」

結局、そうなった。

車に乗る前、アレイナはいつものようにラファエロに別れのキスをした。そのキスも、彼に対する態度も普段どおりだった。

彼は、アレイナの顔に長い間なかった表情が浮かんでいたことに気づかなかった。

月曜日の朝、アレイナはマリアとジョルジオを見送った。ジョーイは走り去る車が見えなくなるまで懸命に手を振り続けた。

家の中に戻ると、彼女は週末に襲われた心もとなさがよみがえるのを感じた。どうにも落ち着かず、身をかがめてジョーイを抱きしめる。

「ジョーイ――マンチカン、パパは留守だし、マリアもジョルジオも行ってしまった。さあ、私たちはどうすればいい?」アレイナはしばしの間をおいて続けた。「みんなと同じように、私たちもどこかへ行きましょう!」彼女は意を決し、ごくりと喉を鳴らした。「私たちが住んでいた古い家に行くのはどう?」

少年は母親をまじまじと見た。「まだあるの?」

アレイナはうなずいた。「ええ、まだあるわ」

その日が終わる頃には、アレイナとジョーイはイギリスの小さな家にいた。

私は人生で最悪の決断をしたのだろうか？　それとも自分にできる唯一の決断をしたの？

ラファエロはホテルの部屋のバルコニーに出て、手すりに軽く手を置いた。外は室内よりずっと暖かい。緑豊かな庭園の向こうから、快い潮騒《しおさい》が聞こえてくる。椰子《やし》の林では雨蛙《あまがえる》が鳴き、紺碧《こんぺき》の海の上には太陽が金色に輝いていた。

記憶が全身を満たした。アレイナがそばにいたときの記憶が、五年前の彼女の姿が。ラファエロはアレイナを見たとたんに欲しくなり、誘惑した……。

ラファエロは顔をしかめた。アレイナが望んだものを拒否したのは僕のせいではない。彼女のせいでもない。二人の望みが違っていただけなのだ。

僕はそれまで送ってきた人生が続くのを望んでいた。違う人生を求める理由もなかった。

だが、ジョーイの出現で何もかも変わった。

もし僕がジョーイの存在を今もまだ知らなかったとしたら？

そのとたんジョーイの姿が脳裏に浮かんだ。

プールで水しぶきを上げるジョーイ。庭を走りまわるジョーイ。車の中で無邪気な質問を続けるジョーイ。積み木や電車のおもちゃで遊ぶジョーイ。絵本を読み聞かせているうちに眠りに落ちていくジョーイ。

突然ジョーイの声が聞きたくなり、ラファエロは携帯電話に手を伸ばした。時差があるので、イタリアはすでに夕方だ。アレイナの携帯電話にかけたが、留守電になっていた。おそらくジョーイを寝かしつけているのだろう。明日の朝、かけ直そう。

ジョーイと話せなかったことで落胆を覚えながらファルコーネ・ホテルの緑豊かな庭園を眺めた。

聞きたかったのはジョーイの声だけではなかった。アレイナの声も聞きたくてたまらなかった。彼女もここに来ればよかったのに……。二人がかつて持っていたものを取り戻すために。

だが、僕たちの間にはほんの短いロマンスしかなかった……。

そんなつかの間のものを取り戻すことになんの意味があるのだろう？

ラファエロは考えるのをやめ、ホテルの自慢の料理を楽しもうとダイニングルームに向かった。

明日は気難しい顧客に立ち向かわなければならない。きのうの朝食でのアレイナの言葉が頭の中にこびりついていた。弁護士に金を積んで離婚時の妻の取り分を安くしようとする依頼人の態度は恥ずべきものだ。莫大《ばくだい》な財産を持ちながら税金の支払いを渋るジュネーブ在住の依頼人も人として最低だ。報酬が桁外れとはいえ、忸怩《じくじ》たるものがある。

　ローマに戻ったら、顧客リストを整理するべきかもしれない。いくら報酬が高くても、人としてどうかと思うような顧客は排除するべきだ。父は反対するだろうが、経営権は僕が握っている。

　父親のことは考えないほうがいい。アレイナと一緒に訪問して以来、父とは没交渉だった。予想どおり、孫にも興味がないのだ。

　ふいに思考が揺らいだ。もし母がまだ生きていたら？

　いや、母のことも考えないほうがいい。ジョーイにべったりになるのが目に見えているうえ、アレイナとの奇妙な結婚を受け入れるとは思えない。

「シニョール・ラニエリ、またお会いできて光栄です」

　支配人が挨拶にやってきて、母親がアレイナとの結婚をどう思うかというまったく無意味な物思いを断ち切った。

　支配人はファルコーネ・ホテルの定評ある完璧なサービス精神を発揮し、五年ぶりに訪れたラファエロを手厚く迎えた。

　彼に案内されたテーブルに着くと、ラファエロはアレイナをここに連れてきて食事を共にしたときのことを思い出した。彼女は彼を見つめながら、目を、いや全身を輝かせて座っていた。彼女が提供する意思のあるすべてを見せつけるかのように。

　だが、ラファエロはそのとき、自分が望んだものだけを手にした。

それは今も変わっていなかった。ジョーイも、結婚生活も、彼が望んだものだけを手にしたにすぎないのだ。

携帯電話が鳴ったが、アレイナは無視した。またラファエロからだろう。電話は留守電モードに設定してあり、こちらからかけ直してはいなかった。ジョーイはベッドにいる。ローマからの長旅で疲れたうえ、混乱していた。

アレイナもまた混乱していた。空港から乗ってきたタクシーを降り、かつて自分が住んでいた小さな家に入るのは奇妙な感じがした。しかし、どんなに奇妙に感じても、ジョーイのために彼女は耐えなければならなかった。さらに、自分があまりに急な一歩を踏み出したことで、どんなに胸が締めつけられても、耐えるしかなかった。

先のことは、おいおい考えよう。

その後、ジョーイがテッズを抱いて眠りに落ちると、アレイナは缶詰のスープで夕食をとり、スーツケースの荷を解いた。そして今、彼女は古びているけれど慣れ親しんだベッドに横たわっていた。

難しく、込み入った、痛みを伴う考えが、執拗《しつよう》に脳裏に浮かんでは消え、抱きたくない感情をかきたてる。アレイナは悶々《もんもん》としてしきりに寝返りを打った。ようやく訪れた眠りも、安らかな眠りにはほど遠かった。明け方、ジョーイが母親を呼ぶ悲痛な叫び声を聞いたとき、アレイナは彼の部屋に飛びこみ、小さなベッドに入って息子を抱きしめた。

そのとき、またも彼女の頭の中で考えたくもない問いが浮かび上がった。

私は正しいことをしたの？　それとも間違っているの？

私のしたことは誰のため？

自分のため、それともジョーイのため？

もし自分のためだけであるなら、するべきではなかった。そうでしょう？

カーテンの隙間から朝日が差しこむと、アレイナはぼんやりと天井を見つめた。

そして、私がしたことの代償は？

それが最も答えるのが難しい質問であることをアレイナは知っていた。

ラファエロはアレイナから届いたメールを読んでいた。それが、彼がカリブに来て以来、彼女からの唯一の連絡だった。アレイナは電話にも出なかった。時差が影響しているのだろうか？

メールを読みながら、ラファエロは眉をひそめた。

そこには、ジョーイを連れてイギリスに来ているとあった。その理由をなんの説明もせず、いつまで滞在するかも示さずに。

眉間のしわがいっそう深くなる。ラファエロは気持ちを落ち着かせて返信した。

〈どういうつもりだ？　何があった？〉

返事はない。

ラファエロは携帯電話をテーブルに置いた。彼は今朝、顧客に会いに行く約束をしていた。だから、そのあとで連絡を取ることにした。しかし、アレイナの携帯電話は相変わらず留守電モードになっていて、彼女からは電話もメールもなかった。

夕方になって、彼は決心した。顧客に電話をかけ、次の面談をキャンセルした。そして、顧客から浴びせられた怒りに満ちた抗議を無視し、島を離れる直近のフライトを予約した。

いったい何が起こっているんだ？

いくら考えても、答えは見つからなかった。

ジョーイのいる居間から、テレビアニメの音が聞こえてくると、アレイナは携帯電話を持ってキッチンに行った。

ラファエロからメールが届いていた。ボイスメールもある。彼は明らかにいらだっていた。言葉がしだいに辛辣になっていく。

アレイナは返信しなければならなかった。何か言葉を見繕って。

そして、考え抜いたすえにメールを送った。

〈家をチェックしたかったの。今週はあなたがずっと留守だし、いいタイミングだと思って〉

返事はすぐに来た。

〈いつ帰ってくるんだ？　僕はカリブ海での仕事を切り上げ、ローマに帰ってきた〉

胸がどきどきしているのを自覚しながら、アレイナは携帯電話の画面を見つめた。なぜラファエロは予定より早く仕事を切り上げたのだろう？　私がロンドンに帰っていると知らせたから？

アレイナはメールを返した。

〈いつ帰れるかわからない〉

またも返事はすぐに届いた。

〈はっきり決まったら教えてくれ〉

アレイナは携帯電話の電源を切った。彼に電話をかけてほしくなかった。対処できそうになかったから。

なんであれ、今の彼女に対処できるものは何一つなかった――ジョーイでさえ。

アレイナは途方に暮れていた。自分が何をしたかもわからなかった。当然ながら、なぜ自分がこんな行動に出たのかも。

ラファエロはアパートメントのベッドに横たわっていた。時差ぼけとはなんの関係もない。彼はただ横たわり、暗い天井をぼんやりと眺めていた。ベッドは一人で寝るには大きすぎた。

アレイナのいない平日は、一人で寝ていたのに、なぜ今に限ってこんな気分になるんだ？

妙な話だ。

その問いにラファエロは答えられなかった。もっとも、彼が答えられない疑問は山ほどあった。

答えられるのはアレイナだけだ。

なのに、彼女は沈黙を守っている。意味がわからない。

ラファエロは闇を見つめた。緊張の網が彼をとらえ、心拍数が上がるのがわかった。

アレイナは何をしようとしているんだ？　なんのために？

そして何より不思議なのは、あるはずのないものが僕の中で激しく渦巻いていることだ。これまでまったく存在しなかったはずのものが。

ジョーイは明らかにいらいらしていた。かつて住んでいた家に戻ってきたという最初の興奮は、もうすっかり冷めていた。少年はこの家の欠点を見つけていた。おもちゃはすべてイタリアにある。プールはないし、マリアとジョルジオもいない。

そして、ジョーイが何より望んでいたのは、パパだった。

「パパは出張中なの」アレイナは曖昧な笑みを浮かべてごまかした。「ベッティに会いに行こうと思っているの。いい考えでしょう？」

しかし、ライアンにイギリスに戻っていることをメールで伝えると、ベッツィは母親と旅行中で不在だとわかった。

すぐにライアンから電話があった。「どうして戻ってきたんだい？　ただの旅行？」

アレイナは、近くでテレビを見ているジョーイを意識し、声を落として答えた。「わからない」

ライアンに何をどう話せばいいのかわからず、アレイナは電話を手にしたままキッチンに行った。

だが、″わからない″というのは嘘《うそ》だった。アレイナはあることを確信していた。それはコンクリートのように彼女の中で急速に固まり、ぎゅっと凝縮されていった。

電話の向こうでライアンは沈黙していたが、数秒後に口を開いた。「アレイナ、大丈夫なのか？　きみとラファエロのことだが」

今度はアレイナが沈黙する番だった。しばし黙りこんだあと、声を絞り出す。「私、離婚しようと思っているの」

ついに口に出してしまった。言わないようにしていた言葉を。イタリアを離れたときからずっと胸の奥に封じこめていた言葉を。

その言葉は、彼女がこれまで口にしなければならなかった言葉の中で、最も重大なものだった。

私は別れる――ラファエロ・ラニエリと。

14

「ラフ、会えてよかったよ」

ラファエロは、しぶしぶながらもダンテのランチの誘いに応じてやってきたレストランのテーブルに腰を落ち着けた。

ダンテは続けた。「急遽《きゅうきょ》ローマに用事があったんだ」

ラファエロにとっては、最悪のタイミングだった。

二人はまずマティーニを注文した。

「どうしている、陽気なアレイナと天使のジョーイは？」

「二人は今、イギリスにいるんだ」ラファエロは答えた。精いっぱい軽い口調を心がけて。

「そいつは残念だな。コニーから、ローマにいる間に訪ねて様子を報告してと言われていたんだ」

「何を報告するんだ？」ラファエロは鋭い声で尋ね、水の入ったグラスをテーブルに置いた。

ダンテは友人を見つめた。「もちろん二人が、いや、きみたちがどうしているかを、だ」前かがみになり、ラファエロの顔をのぞきこむ。「どうしたんだ、ラフ？　何かあったのか？」

ラファエロは緊張し、椅子の背にもたれた。第三者が見れば、彼がいつもの冷静な態度で世間を寄せつけず、自身を完璧にガードしているように見えるだろう。だが、ダンテは誰よりもラファエロのことをよく知っていた。

そして、ラファエロもまたダンテをよく知っていた。ダンテはこうと決めたら自分の思いどおりになるまで相手の肩をつかんで揺さぶり続ける。命を奪いかねない勢いで。一方、ラファエロは戦闘的なスタンスは好まず、展開を正確に歩み、臨機応変に対処する能力に秀でていた。

息子の存在を知ったときのように。

息子を産んだ女性を妻にしたときも。

「ラフ、どうしたんだ？」ダンテは繰り返した。

ウエイターがやってきてマティーニを二人の前に置き、足早に離れた。ダンテはマティーニを無視し、ラファエロを見つめていた。

「ラフ、僕を無視するな。何があったのか話してくれ」

ラファエロの目はあらぬところを見ていた。彼は答えなかった。というより、答えられなかった。けれどしばらくして彼の目はダンテに戻り、強気で執《しつ》拗《よう》な友人の視線をまっすぐに受け止めた。

「アレイナは離婚を望んでいる」

「離婚だって？」ライアンは明らかに衝撃を受けて

いた。「なぜだ？　てっきりラファエロとうまくやっていると思っていたのに」

ライアンは仕事を終え、アレイナの家の小さな庭に置かれた椅子に座っていた。ジョーイはまだテレビの前に座ったままだ。明日は彼の空っぽのおもちゃ箱と本棚を補充しに行かなければならない。そして、秋からジョーイが通うことになっていた学校に連絡を取り、まだ入学が可能かどうか確認しなければならなかった。そして、前に勤めていたホテルが再び雇ってくれるかどうかも確認する必要があった。

そう、人生をやり直すのだ。

アレイナはライアンの目を見て答えた。「彼とあんな形で結婚したけれど、私はうまくやれると思ったの。さして深く考えもせずに」彼女はそこで口を閉ざし、友人から目をそらした。

ライアンはしばしの間をおいてから、慎重かつ穏やかに尋ねた。「何がいけなかったんだ？」

アレイナは目を上げ、喉から声を絞り出すようにして話し始めた。

ラファエロはヴィラにいた。ダンテとのランチのあと、あえてヴィラに足を向けたのだ。

マリアとジョルジオはまだ戻ってきておらず、ヴィラはがらんとしていた。

ジョーイが歓声をあげて出迎えてくれることも、駆け寄って抱きついてくることもない。当然ながら、彼を笑顔で迎え入れるアレイナの姿もない。

耐えがたい静寂の中、ダンテの声だけが挑むようにラファエロの頭の中でこだました。

〝それで、どうするつもりだ？〟

ラファエロは冷静に答える自分の声を聞いた。

〝今、選択肢を吟味している最中だ……〟

すると、ダンテは彼をにらみつけた。〝これはきみが相手にしているようなウジ虫みたいな顧客のことではない！　ラフ、これはきみの妻と息子の話なんだ！〟

ラファエロは彼をにらみ返した。〝違う。僕の息子とその母親の話だ〟

ダンテフの目がいぶかしげに細められた。〝そうなのか？〟

ラファエロは友人の辛辣な視線を正面から受け止めた。〝そうだ〟冷静に答える。〝アレイナは息子の母親だから、僕の妻なんだ〟

今、ラファエロは夕暮れのテラスに立ち、プールの向こうの植えこみで鳴く蝉《せみ》の声に耳を傾けていた。プールの照明が水面を虹色に照らし、その上を蛾《が》が舞っている。あたりにはスイカズラの香りが満ちていた。

ダンテのあざ笑うような問いがまたラファエロの胸を直撃した。

〝そうなのか？〟

ラファエロは虚空を見つめた。そして、自分の中にぽっかりとあいた空洞を見つめた。だが、そこは完全な空洞ではなく、一人の女性がその中で笑っていた。

アレイナ……。

彼女が息子について僕に黙っていたのは、僕がその知らせを歓迎せず、その責任を負わないと思いこんでいたからだ。だが、僕はその責任を引き受け、僕の人生は一変した。アレイナを妻とし、ベッドに誘いこみ、以前カリブ海で僕が彼女に求めたこと、つまりセックスだけを与えた。あのときは行きずりの情事だったが、今はジョーイのおかげで夫婦の営みとなった。

僕が彼女と結婚したのは、物事を複雑にしないためだった。戦わずしてジョーイを手に入れ、彼のために家庭を築いた。それで三人の関係は正当化された。父、母、息子……。

家族が成立したのだ。

ただし、家族という単位は本来、結婚後につくられるものであって、結婚前につくられるものではない。家族の前に夫と妻がいる。それが先なのだ。配偶者を得て、初めて家族をつくる。これぞ自分の配偶者としてふさわしいと確信したときに。

ラファエロの口元が痛々しくゆがんだ。僕の顧客の半分は、ふさわしい配偶者を選んだことがない。

僕の両親もそうだった。

両親の結婚生活は最初から悲惨だった。なのに、彼らには息子がいた。両親の絶え間ない衝突を目の当たりにして育った息子が。そして、その息子は、両親から感情面で距離を保つことで、自己を防衛するようになったのだ。

それは、ラファエロが今でも暗黙のうちに頼っている自己防衛策で、とても役に立った。

少なくとも今までは。

ラファエロの視線は無人のプールに注がれ、それから無人の家へと戻った。

先だって、ジョーイは読み聞かせが終わるか終わらないかのうちに眠りに落ち、僕は息子の髪を撫《な》でてから部屋を出ていった。居間ではアレイナがソファで丸くなって白ワインを飲みながら雑誌に目を通していた。そして、愛らしい目を上げて僕にほほ笑みかけて……。

突然、ラファエロはどこからともなくナイフが飛んできて脇腹に突き刺さったような感覚に襲われた。今まで感じたことのない凶悪な痛みだった。今までは感じることを自分に許さなかった痛み。しかし今、彼はその痛みに苦悶《くもん》し、耐えきれずに目を閉じた。

アレイナはジョーイをチャイルドシートから降ろし、玄関に向かった。おもちゃや絵本を買って帰ってきたところだった。

ジョーイの機嫌はまだ悪かった。息子はいつ家に帰るのかと何度も尋ねたが、アレイナは答えなかった。不安とそれ以上の何かが彼女を苦しめていた。ラファエロに離婚したいとメールで伝えたのは軽率だったのだろうか？　でも、どうやって彼に話せばよかったの？　それに、今の私の立場は、彼が法廷闘争のことを持ち出したときより、確実に強くなっている。私は法的には彼の妻であり、署名した婚前契約書の内容がどうあれ、彼と同じくらい有能な弁護士を雇う余裕があるはずだ。

だけど、本当に彼と争うことになるの？　ああ、神さま、私の人生を取り戻し、ジョーイも充分にラファエロと関わり合えるような妙案はないのでしょうか？　残念ながら神さまは教えてくれなかった。

アレイナが買い物袋を下げたままの手で玄関のドアを閉めようとしたとき、家の前でタクシーが止まった。空港のタクシーだ。

次の瞬間、アレイナは凍りついた。「ラファエロ……」

ラファエロは歩道に降り立った。小さな家を見やると、戸口にアレイナが立っていた。顔が真っ白だ。彼は無表情で、ゆっくりと彼女に歩み寄った。

彼の名を、アレイナがつぶやくのが聞こえた。

「きみと話がしたいんだ」ラファエロは言い、間をおいて続けた。「ジョーイはいるのか？」

声を失ったかのように、アレイナはただうなずいた。顔色はまだ紙のように白いが、目には何かが宿っていた。

彼女のぎこちない案内でラファエロは居間に入った。「やあ、ジョーイ」

ジョーイがさっと振り向いた。たちまち小さな顔が太陽のように輝いた。ジョーイは歓声をあげながらラファエロに飛びついた。小さな腕が彼の首に、両足が彼の腰に巻きついた。ひとしきり抱きしめたあと、ラファエロはそっと息子を床に下ろした。ジョーイは父親のまわりを跳ね歩きながら、歓喜の声をあげた。「パパだ！　パパ、パパ！」

アレイナが部屋に入ってくると、ジョーイはすぐさま駆け寄った。「パパが来たよ！」興奮した声で母親に言う。それからラファエロのほうに顔を向けた。「イタリアのおうちに帰るんでしょう？」

ラファエロの目がアレイナに向けられた。彼は彼女の呆然《ぼうぜん》とした視線を受け止めてから、ジョーイへと視線を移した。

「ジョーイ、ママと大切な話があるんだ。しばらく部屋に行って一人で遊んでいてくれるかな？」

ジョーイは急に泣きだしそうになった。「どこにも行かないよね、パパ？」

ラファエロはうなずいた。「もちろんだ。約束する」

「わかった、約束だよ。じゃあね」ジョーイは買い物袋をあさり、大きな箱を取り出した。「新しい電車セットだよ。僕、これで遊んでる！」

そう言ってジョーイが階段を駆け上がっていくと、ラファエロはアレイナに目を向けた。彼女の顔は相変わらず血の気がなかった。

既視感に襲われた。数カ月前、ジョーイの存在を知って、息子の人生に永久に関わるつもりだと伝えるためにここに来たあの晩も、彼女の顔はシーツのように真っ白だった。結婚してイタリアで一緒に暮らそうと迫りもした。

それは簡単なことに思えた。単純かつ当たり前のことだと思った。

しかし、今は……。

ラファエロは、数カ月前と同じく、彼女が小さなソファの向かいにある肘掛け椅子に腰を下ろすのを見た。あのときの彼女は、五年前に行きずりのロマンスのあとで別れた女性にすぎなかった。

　しかし、今は……。

また同じ言葉が脳裏に浮かんだ。ラファエロは息を吸い、改めて彼女の顔を見た。

「なぜ僕を捨てたんだ、アレイナ？」

　アレイナの中で感情が渦巻いた。コントロールすることも、締め出すことも、抑圧することも不可能な感情が。それは彼女をのみこみ、圧倒した。両手をぎゅっと握りしめ、かすれた声で応じる。「あのヴィラにとどまるなんて、私にはできなかった」

　アレイナの視線はラファエロに釘《くぎ》づけだった。

　彼がここにいる。生身の体で、ほんの一メートル先に座っている。

　ふいにラファエロの表情が変わった。どういうわけか、ますます読みにくくなっている。けれど、肩はこわばり、体のあらゆる線が小刻みに震えていた。

　彼は私のすぐそばにいる。なのに、遠くに感じる。

　ラファエロと一緒に過ごした数カ月間、私たちは昼となく夜となく互いの体を貪り合い、相手の体を知りつくした。なのに今、彼はすぐそこにいるのに、何万キロも離れたところにいるように見える。

　自業自得だ。そういう状況をつくりだしたのは私自身なのだから。

　苦悩が万力のようにアレイナの胸を締めつけた。でも、彼から遠ざかるしかなかった！　そうしなければならなかったのだ！

　ラファエロがまた話し始めた。彼の話を聞くために、アレイナは胸を押しつぶす苦悩を振り払った。

「僕を捨てた理由を説明してくれ」

　彼の口調は淡々としていた。まるで問題点を引き出すために顧客に語りかけるかのように。

　アレイナは必死になって適切な言葉を見つけようと試みた。彼に説明し、納得させられる言葉を。

「私は、あなたと合意した取り決めにのっとって、うまくやれると思っていた……心から。でも……」

喉の奥に石でもつまったようで、話すのが難しくなる。「結局……私にはできなかった」

「なぜなんだ？」

彼はあくまで淡々とした口調で尋ねた。よりよい選択肢を顧客に提示するために、状況を分析するのに必要な情報を引き出そうとするかのように。

アレイナはなんとか彼に答えないですむ方法を探そうとした。真実を話さないですむ方法を。なぜなら、話したところでなんの役にも立たないし、二人の関係が変わることはけっしてないのだから。

「私が望んでいるものはけっして手に入らないとわかったから」自分の耳にも開き直ったように聞こえたが、アレイナにそんな意図はなかった。

今もまだ、ラファエロの目はアレイナに注がれていたが、その表情は読めなかった。あとにも先にも、彼女が彼の目から読み取れる唯一の感情は欲望だけだ。ラファエロもそれだけは隠そうとしなかった。たまに、ジョーイを見る彼の目にユーモラスな表情が浮かぶことはあるが、それ以外で彼の考えや気分、感情を見ることはほとんどなかった。

ラファエロは彼の父親のように冷たくないし、頑迷でもない。ただ冷静で、常に自分を律していた。そして、一緒にいて楽な人だった。礼儀正しく、友好的で、会話が巧みで、常に思いやりを忘れなかった。

けれど……。

彼は周囲を寄せつけない。私を寄せつけない。

二人の間には性的な欲望がいつも渦巻いていた。ああ、神さま、私たちの燃え上がりようといったら！　けれど……。

ほかには何もない。

二人の視線が絡み合った。その刹那、彼が自分にとってどんな人なのか、アレイナは受け入れた。ラファエロは私にはけっして手の届かない人――その言葉は彼女の頭の中で弔鐘のように響き渡った。

彼が再び話し始め、アレイナは耳を澄ました。この会話がなんの役に立つのかと疑念を抱きながら。

「それで、きみの望みはなんなんだ、アレイナ？」

答えても無駄だと知りつつ、彼女はさっと立ち上がり、大きく息を吸いこんだ。そして言った。「私は……あなたがけっして与えることができないものを望んでしまったの。ごめんなさい」

アレイナは小さなソファに座る彼を見つめた。彼が緊張しているのがわかる。彼女は今にも心臓が爆発しそうになるのを必死にこらえながら、ついにまごうことなき思いを告げた。

「あなたに私を愛してほしかった」

15

アレイナの言葉に、ラファエロは愕然《がくぜん》とした。

彼女が目を閉じていることに、彼は感謝した。彼女を見続けることができるから。

ラファエロは、今この地球上に自分と彼女しか存在していないような感覚に襲われ、いきなり立ち上がった。

あなたに愛してほしかった――その言葉が頭の中で反響し、全身を震わせた。

そして突然、彼の意識はある部屋に飛んでいった。そこはクリニックの一室だった。そのクリニックはドロミテ山中にあり、患者は新鮮な山の空気の恩恵にあずかれる。

ラファエロはベッドにじっと横たわる人を見下ろしていた。頭の中では、臨床医の言葉がぐるぐるまわっている。

〝非常に残念なことですが、ある薬の副作用が出てしまいました。予見することは不可能でした。患者は自分で薬を隠し持ち、それを飲んだんです。当方の管理不行き届きで、誠に申し訳ありません〟

そして医師は部屋を出ていった。

ラファエロを一人残して。

母親の遺体と一緒に。

アレイナは目を開けた。けれど、喉が切り裂かれたかのように声がまったく出ず、沈黙するしかなかった。もっと前にそうなっていれば、とアレイナは悔やんだ。

ラファエロに向かって、けっして口にしないと誓っていた言葉を口にしたあとでは、沈黙は無意味だった。

彼は身じろぎもせずにそこに立っていた。アレイナと同じく。彼の顔にはまだ表情がない。なのに、目には何かがあった。まぶたで半ば閉ざされた目の中に光るものがある。実際にはそれは光ではなく、闇だった。目に見える闇……。

自分が無意識のうちに手を伸ばしていたことに気づき、アレイナは急いで引っこめた。

「ごめんなさい」アレイナは再び謝った。その声は低く、こわばっていた。「あなたに言うべきじゃなかった。言っても意味がないし、あなたには関係のないことだもの」

彼女はつかの間、また目を閉じた。

「ラファエロ、私は五年前、自分の気持ちを抑えるのにひどく苦労した。でも、なんとか抑え、立ち去るあなたを見送った。そして、自分の人生を続けた。あなたを失った私は、そうするしかなかったから」

アレイナは体の脇で知らず知らず拳を握っていた。

「でも、あなたと偶然に再会し、結婚して、また一緒に暮らすようになると、日を追うごとにあなたへの恋心が募っていった。私はそれを止めようとした。あなたが言うように、私たちの結婚はあくまでジョーイのための結婚なのだと自分に言い聞かせて。実際、そうすればこの結婚はうまくいくと本気で思っていたの！　だけど、ダンテとコニーの結婚生活を目にして、二人がお互いにとってどういう存在なのかを知ったとき、私は耐えられなくなった。愛で結ばれていないあなたとのむなしい結婚生活が」

アレイナの声には惨めさと敗北感がにじんでいた。ひどい疲労感も。彼女は眉間を手でこすった。

「ラファエロ、私はあなたと一緒に暮らすことはできない。あなたを愛してしまう自分を止められないから」胸を刺す痛みに顔をゆがめる。それでも彼女は続けた。「初めて会ったときから何も変わっていないのに、またあなたに恋をするのは、五年前と同じく無意味だし……そこには絶望しかないもの」

彼女は一息ついて自分を励ました。

「あなたが決めた条件のもとで、この結婚生活を続けるなんて、私にはできない。だからお願いだから、ジョーイのために何か別の取り決めを考えてくれない？　私たち三人が等しく幸せになれるように。善意と努力があれば、きっとできるはずよ」

ラファエロが同意するよう、アレイナは祈った。彼にしたって、自分が与えられないものを欲しがる女と一緒に暮らしたくはないはずだ。

だが、すぐに彼女の期待は打ち砕かれた。

「いや、だめだ。そんなのは無理だ」

ラファエロを見つめるアレイナの目はとても美しかった。しかし、大きく見開かれたその目は苦悩に満ちている。何か言おうとした彼女を、彼は手を上げて制した。「別の取り決めなど、僕たちにはできないと思う」

ラファエロは自分の中で何かが起きつつあるのを感じた。クリニックのベッドに横たわる遺体を見下ろしながら思い出していた母の言葉が、長い年月を経て彼の脳裏によみがえろうとしていた。

「できないと思う」彼は繰り返した。「不可能なものは不可能なんだ」

「でも、ジョーイのためにも、別の方法を探さなければ」

「そうだな……確かに」ラファエロは応じ、つかの間アレイナから目をそらした。彼は得体の知れない焦燥感に駆られていた。そして、それは刻々と高まっていた。アレイナに視線を戻すと、彼女は目を大きく見開き、苦悶《くもん》の表情を浮かべていた。

目に見えないナイフが再び脇腹に突き刺さった。

その耐えがたい痛みは、無人のヴィラの無人のプールで感じたのと同じものだった。

アレイナもジョーイもいない……。妻も息子も。

けれど今、彼らはここにいる。僕は彼らと一緒にここにいる。

そして、また失うのか？　いや、二度と失うものか！

なぜなら、アレイナとジョーイを失うことは、死にも等しい苦痛だから。

僕はアレイナを息子の母親として考えていた。そのためだけに結婚しなければならなかった女性、妻にせざるをえなかった女性だ、と。僕が進んで選んだわけではない妻、そして僕が責任を感じていた息子。彼女の妊娠もまた、僕が選んだのではなかった。

しかし今は……まったく違う——何もかも。

そのことに気づくのに、僕が今感じていることを感じるのに、かくも長き時間がかかるとは。

ジョーイとアレイナのどちらを失っても、僕は耐えられないだろう……。ラファエロは言葉を発しようとした。だが、なかなか言葉が見つからない。それは、話したこともなければ、話そうと思ったこともない言葉だったから。

それでも、彼は必死に言葉を絞り出した。話さなければ苦痛は増すばかりだったから。

「きっと……道はある」ラファエロはためらいがちに切りだした。その道の行き着く場所は、自分にとっては惑星よりも遠いところにあると感じながら。

どうすればその道を見つけられるんだ？　どうすればそこにたどり着けるんだ？

絶望感に駆られたとき、突然、ある言葉が胸に押し寄せた。それは彼自身の言葉ではなく、母の懇願の言葉だった。〝私があなたを愛したように、あなたに私を愛してほしかった〟

まるで母が近くにいるかのように、ラファエロは母の声をはっきりと聞いた。

〝ああ、私の最愛の人！　あなたならきっと道を見つけられる。その手がかりをつかんでいるはずよ〟

そして、彼自身の言葉が降って湧いたように脳裏に浮かんだ。耐えがたい痛みや苦しみが消える場所へと彼を連れていってくれる言葉が。

「きみは言った……」その言葉はまだ弱々しいが、話すうちに力を増していくのをラファエロは感じていた。「僕にきみのことを愛してほしいと。もし僕がきみと同じことを望んでいるとしたら？」彼は自分の足が動きだすのを感じた。自分の意志とは無関係に、しかし同時に、今までのどんな一歩よりも確かなものであるかのように。「もし僕がきみに愛されたいと望んだら？」

アレイナはその場で凍りついたように、ただじっと立っていた。そして一瞬――恐ろしく苦しい一瞬、ラファエロはクリニックのあの部屋に戻り、母の無残な遺体に向き合っていた。母は僕に愛してほしかったのに、気づくのが遅すぎた。

だが、アレイナに関しては、まだ間に合う。言うべきことを言うのに、遅すぎることはない。

「アレイナ、僕も、二人の結婚はうまくいくと思っていた。息子に幸せな家庭を与え、僕たちが決めた条件でよりよい人生を送れると思っていた。きみが僕のもとを去るまでは。だが、そのあとヴィラに行ったとき、きみもジョーイもおらず、そこは空っぽだった。そのとき、僕は自分の愚かさを知ったんだ。自己欺瞞《じこぎまん》の深さを、僕の罪深さを」

ラファエロはアレイナに一歩近づいた。彼女の手を取り、持ち上げる。その手はとても冷たく、大きな目はとても美しい。ラファエロは胸を締めつけられ、思わず彼女の手をぎゅっと握った。

「僕はこれまでずっと人と距離をおいてきた。そのおかげで人生は楽だった。五年前きみと別れたときも、苦にならなかった。そしてジョーイの存在を知ったときも、容易とは言えなかったけれど、僕がしたことはたいして難しいことではないと思った。きみと息子を僕の人生に引き入れ、きみを受け入れ、僕の生活に順応させる。そして息子に対する僕の責任と、母親としてのきみへの義務を果たす……。ジョーイの母親であるきみが、五年前よりもさらに美しくなっていたことは、僕が息子のために人生を変えざるをえなかったことへの報酬のように思えた」

ラファエロは自分の声がゆがむのを聞いた。

「その点で、僕たちの相性が抜群によかったことはお互い認めざるをえないと思う」

自分の声に官能的なニュアンスがにじむのがわかり、ラファエロは恥じ入ってわずかに目を伏せた。だが、彼女の頬が赤らんでいるのに気づき、彼女の手を握る手に力がこもった。しかし、期待に反し、アレイナは何もしようとしなかった。まったく動かない。しかたなく彼は言葉を継いだ。

「僕は思ったんだ。僕たちの間には今も、五年前に一緒に過ごしたものが間違いなくあるが、それ以上のものは存在しない、と」

彼はいったん言葉を切った。次に話しだしたとき、その声は再び苦悩を帯びていた。

「ただ不覚にも、僕は別のことが起こっていたことに気づかなかった。ジョーイが、いい父親になるにはどうすればいいかわからなかった僕を求めていることに。僕はジョーイが必要としている父親になりたいと思った」ラファエロはもう一呼吸おき、アレイナの手をさらに強く握りしめた。「そして、遅ればせながら、僕にとってきみもジョーイと同じ、いやそれ以上に大切な存在だと気づいたんだ」

時を超えた一瞬の静寂が訪れ、アレイナは完全に動きを止めた。彼女の目は大きく見開かれ、その視線は片時もラファエロから離れなかった。

「僕はきみに依存しつつあった。生きていくために、呼吸するために、僕の心臓が打ち続けるために」彼の顔がこわばった。「アレイナ、僕は愛を知らないんだ。それで、気づかなかったんだ。きみが去って初めて僕は愛を知った。空っぽの家で感じた寂しさの中で、僕は愛を知ったんだ」

ラファエロは深く息を吸い、アレイナに近づいて二人の距離を縮めた――永遠に。彼女のかすかな香りとぬくもりに包まれる。

「今、僕たちは進むべき道を見つけることができると思うか、アレイナ？　僕たちの結婚をうまくいかせる方法を、僕たちが、今も、そしてこれからも互いに愛を捧《ささ》げ続《つづ》ける人生を」

妻の目に涙があふれた。「ラファエロ……」

彼はダイヤモンドより美しい涙を口で拭い、震える唇にキスをした。その瞬間、ラファエロは深い安《あん》堵《ど》に包まれた。アレイナの手が彼の手から離れ、たくましい胸に置かれると、彼は妻を力いっぱい抱きしめた。

そのとき、ラファエロは小さな手が袖を引っ張っていることに気づいた。続いて彼を魅了してやまない声が聞こえ、彼の心を震わせた。

「新しい電車セットを見に来て！　ママもだよ！」

ラファエロはジョーイの手を取った。息子の手はとても小さく、限りなく尊く思えた。アレイナに寄せる愛と同じ愛が胸に湧き起こり、彼の心を芯から揺さぶった。「ぜひ見せてくれ。ママにもね」

ジョーイは母親の手も取って、いかにも楽しそうな笑い声をあげた。そして二人を引っ張り、階段をのぼり始めた。


ひとしきり新しい電車セットで遊んだあと、親子三人は、近くのファミリー・レストランに昼食をとりに行った。

そして今、アレイナは長椅子に座ってラファエロにもたれかかった。ジョーイはレストランが用意してくれたクレヨンと塗り絵に夢中だ。彼女は信じられないほどの幸福感に包まれていた。

甘い生活《ラ・ドルチェ・ヴィータ》——まさに今、私はそれを手に入れたのだ！　なんてすばらしい、至福の人生！　私はラファエロに愛され、彼は私に愛されている……。

夫を見やると、彼の腕はアレイナの肩にしっかりまわされていたが、その目は陰りを帯びていた。

「僕はいつも引き裂かれていた」彼の声には緊張と痛みがあった。「母と父の間で。二人の架け橋になろうとしたが、無理だった。二人はまったく違っていて、やり方も極端だった。父はどこまでも冷酷で、孤立していた。母は真逆で、情が深く感情的だった。母は愛しすぎたんだ」

「私の母は父を愛していた」アレイナは目を潤ませながら言った。「母はその愛を返すことのできない男を愛した。それを知って……私はとても怖くなった。それで、さっきも言ったけれど、私は時間を五年前に戻す必要があったの。あなたと再会して一緒に暮らすようになって、自分の感情を抑えられなくなったから。でも今は、またこうして……」夫の手を握って続ける。「本当にいいの、ラファエロ？　本当に本当に？　ある朝、あなたが目を覚まして、やっぱり私のことなど愛していなかったと気づいたりしたら――」

「母が死んだとき、僕は変わった。母の死の原因が、裁判所の公式見解どおり薬の副作用によるものにせよ、僕が恐れていたように、母が故意にその薬を乱用したせいであったにせよ、母の死がきっかけで僕は自分の殻に引きこもるようになった」彼女と指を絡め合わせる。「僕は自分の人生を、深い感情を抱かずにありのままに生きたかったんだ。けれど、今は違う」彼は握り合う二人の手を自分の心臓のあたりに押し当てた。「死ぬまできみを愛する」

　再びアレイナの目から涙がこぼれ落ちた。「ああ、いとしい人！　私の最愛の人！」

　彼女はありったけの愛を込めて、彼の口にそっとキスをした。

　ラファエロは今、妻のすべての愛を受け取り、それと引き替えに自分のすべてを妻に捧げたのだ。

　そのとき、アレイナは息子の手が自分の腕を撫《な》でるのを感じた。

「もう塗り絵は終わったよ」ジョーイが悲しげに言った。「ねえ、ハンバーガーはまだ？　おなかがぺこぺこだよ」

「僕もだ」

「私もよ」

　二人は同時に言い、温かな笑いと幸福感に包まれた。

エピローグ

ジョーイがプールで水しぶきを上げている。見守っていたジョルジオがふざけてホースを少年に向けて放水すると、ジョーイは歓喜の叫びとも怒りの咆《ほう》哮《こう》ともつかぬ声をあげた。

アレイナは笑った。「どっちが子供なんだかわからないわ」そう言って、彼女はジョーイのお気に入りのブランコでくつろぐラファエロを見た。壊さないようにゆっくりと揺らしている。「子供といえば、もう一人つくる？　それとも、ジョーイ一人で充分かしら？　コニーが私にしきりにけしかけるの」

彼女は笑い、ラファエロも笑った。

「ダンテも僕に早く二人目をつくれと言っている。コニーがまた妊娠しているからね」ラファエロは妻を見やった。「きみはどう思う？　なにしろ妊娠するのはきみなんだから」言ったとたん彼の顔に影が差した。「きみは最初の妊娠を一人で抱えこまなければならなかった。僕の罪は大きい」

アレイナは首を横に振った。「それは私が決めたことだし、そのとき正しいと思ったことをしたまでよ。でも……」彼女は黙りこんだ。

「過去は変えられない」ラファエロは厳かに言った。「僕たちの両親は双方とも不幸な結婚をして、その不幸が僕ときみたちを苦しめたという事実を変えることはできない。だが、未来は変えられる。そして、父親はともかく、僕の母もきみのお母さんも、僕たちの幸せを望んでいたことは知っている」

アレイナは夫を見つめた。「私はとても幸せよ」

「そして、僕たちはお互いのために幸せでなければならない」

彼の温かな声はアレイナの胸を高鳴らせた。手が届かない孤高の人だと思っていた男性が、今ではジョーイともども彼女の一部となっていた。

息子に目が向くと、彼女の胸はさらに高鳴り、喜びがこみ上げた。私とラファエロが心から愛するジョーイ。彼は限りなく貴い私たちの宝物だ。

彼女の視線が最愛の夫に戻った。ラファエロは彼女の愛に応え、何千回も、何万回もその愛を返してくれた。もはや母の警告は必要ない。

アレイナは彼の頬にキスをしてほほ笑んだ。「同感よ。それから……コニーはすばらしいお手本だと思うんだけれど、どうかしら？」

ラファエロは熱烈にキスを返した。「シニョーラ・ラニエリ、すばらしい考えだ」彼の声は低く、邪悪なほど魅惑的だった。「心から賛同する」

「じゃあ……早いほうがいいわね」彼女は口ごもりながら言い、誘うように再びキスをした。「今晩から始めましょう」

その言葉どおり、その夜二人は何度も愛し合った。

数週間後のある朝、アレイナが青い線の入った小さな検査キッドをラファエロに見せ、喜びに浸ったあと、二人とも携帯電話に手を伸ばし、短いが非常に内容の濃いメールを送った。ラファエロはダンテに、アレイナはコニーに。

届いた返事は興奮に満ち、それを超えたのはジョーイの興奮ぶりだけだった。息子は弟か妹が生まれると話すと、大喜びしてベッドの上を跳ねまわった。ラファエロはアレイナともどもベッドに倒れこみ、妻と息子をしっかり抱きしめた。

ジョーイの頭の上に身を乗り出し、ラファエロは最愛の妻にキスをした。そしてアレイナは、愛する夫にキスを返した。

完璧な家族が、完璧な幸せが、そこにあった。

ハーレクイン®

傲慢富豪の父親修行

2024年4月20日発行

著　　者　ジュリア・ジェイムズ
訳　　者　悠木美桜（ゆうき　みお）

発 行 人　鈴木幸辰
発 行 所　株式会社ハーパーコリンズ・ジャパン
東京都千代田区大手町 1-5-1
電話 04-2951-2000（注文）
0570-008091（読者サービス係）

印刷・製本　大日本印刷株式会社
東京都新宿区市谷加賀町 1-1-1

ISBN978-4-596-53843-7 C0297

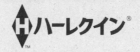

4月26日発売

ハーレクイン・シリーズ 5月5日刊

ハーレクイン・ロマンス

愛の激しさを知る

独りぼっちで授かった奇跡 ダニー・コリンズ／久保奈緒実 訳 R-3869

億万長者は天使にひれ伏す
《純潔のシンデレラ》 リン・グレアム／八坂よしみ 訳 R-3870

霧氷
《伝説の名作選》 ベティ・ニールズ／大沢　晶 訳 R-3871

ギリシアに囚われた花嫁
《伝説の名作選》 ナタリー・リバース／加藤由紀 訳 R-3872

ハーレクイン・イマージュ

ピュアな思いに満たされる

生まれくる天使のために タラ・T・クイン／小長光弘美 訳 I-2801

けなげな恋心
《至福の名作選》 サラ・モーガン／森　香夏子 訳 I-2802

ハーレクイン・マスターピース

世界に愛された作家たち
～永久不滅の銘作コレクション～

情熱は罪
《特選ペニー・ジョーダン》 ペニー・ジョーダン／霜月　桂 訳 MP-93

ハーレクイン・ヒストリカル・スペシャル

華やかなりし時代へ誘う

路地裏をさまよった伯爵夫人 アニー・バロウズ／琴葉かいら 訳 PHS-326

ふたりのアンと秘密の恋 シルヴィア・アンドルー／深山ちひろ 訳 PHS-327

ハーレクイン・プレゼンツ作家シリーズ別冊

魅惑のテーマが光る
極上セレクション

秘密の妻 リン・グレアム／有光美穂子 訳 PB-384

※予告なく発売日・刊行タイトルが変更になる場合がございます。ご了承ください。

今月のハーレクイン文庫

4月刊 好評発売中!

Harlequin 45th Anniversary

帯は1年間
決め台詞"!

珠玉の名作本棚

「愛にほころぶ花」
シャロン・サラ

癒やしの作家S・サラの豪華短編集！　秘密の息子がつなぐ、8年越しの再会シークレットベビー物語と、奥手なヒロインと女性にもてる実業家ヒーローがすれ違う恋物語！

（初版：W-13,PS-49）

「天使を抱いた夜」
ジェニー・ルーカス

幼い妹のため、巨万の富と引き換えに不埒なシークの甥に嫁ぐ覚悟を決めたタムシン。しかし冷酷だが美しいスペイン大富豪マルコスに誘拐され、彼と偽装結婚するはめに！

（初版：R-2407）

「少しだけ回り道」
ベティ・ニールズ

病身の父を世話しに実家へ戻った看護師ユージェニー。偶然出会ったオランダ人医師アデリクに片思いするが、後日、彼専属の看護師になってほしいと言われて、驚く。

（初版：R-1267）

「世継ぎを宿した身分違いの花嫁」
サラ・モーガン

大公カスペルに給仕することになったウエイトレスのホリー。彼に誘惑され純潔を捧げた直後、冷たくされた。やがて世継ぎを宿したとわかると、大公は愛なき結婚を強いて…。

（初版：R-2430）